RELATOS EN ALMERÍA (III)

Ginés Bonillo
Miguel Galindo Artés
Diego Reche
Mónica Sánchez

Narradores Almerienses •77•
Almería, 2024

Coordinación y dirección editorial: Juan Grima Cervantes

© **Edita:**

la Voz de Almería

Producción: Arráez Editores, S.L.
Las Alparatas, s/n
04.638 Mojácar (Almería)
Tlfno: 950 - 479428
E Mail: *editorial@arraezeditores.com*
Web: *www.arraezeditores.com*

Con la colaboración de Cosentino, S. A. COSENTINO

ISBN.: 978-84-17578-91-6

Depósito legal: AL.: 2015/ 2024

Primera edición: Julio 2024

EL SÉPTIMO DÍA

GINÉS BONILLO

Era en el tiempo en que Nuestro Señor creó no sólo el cielo y la tierra, sino también todos los animales y plantas, a los cuales dio nombre al mismo tiempo. ¡Sucedieron tantas cosas curiosas aquel día! Dios lo pasó sentado, majestuoso y amable en su trono, crea que te crea, animándolo todo con su hálito, y hacia el fin de la tarde todavía se le ocurrió...

SELMA LAGERLÖF

Tras un arduo esfuerzo que le llevó seis días, con sus noches (después se sabría de su omnipotencia), recién acababa de crear de la nada Dios el universo y todo lo que él contiene. Millones de años después, una de sus criaturas se atrevería a inferir que es infinito y sigue en expansión después de millones de años, rompiendo a cada instante los límites del espacio, de lo cual parece que por lo visto Él no se percató del todo.

Se comprende que el asunto, que empezó porque el creador se aburriría sintiéndose tan solo y desocupado, se le fue de las manos. Y no fue para menos: ¡Imaginemos la dimensión de la tajada creativa que tuvo que pillar, ahí crea que te crea, y sin experiencia previa (que eso es un mérito y un atenuante)!

Tan ingente debió de resultar la cosa que, ya en la misma presentación en sociedad, se descubrió que algunas criaturas recién creadas habían salido con ciertas impurezas que podrían calificarse como defectos de fabricación; por lo que constituyeron de inmediato una comisión para exigirle al excelso fabricante la apertura de una oficina de reclamaciones con vistas a que les arreglara los defectos de diseño. El Ser Supremo, sabedor de los defectillos que había causado su magno empeño, pero también de su superioridad moral para convencer a las criaturas, al final de la tarde del sexto día accedió sin mayor preocupación. Por ello, al séptimo día, el que se reservaría para sí, no descansó, como por lecturas viciadas de las viejas escrituras se ha creído siempre, sino que improvisó la requerida oficina de reclamaciones ante cuya ventanilla se instaló Él mismo para responder a falta de asistente, pues Pedro (su archiconocido secretario de épocas históricas) todavía no se había dado a conocer en la historia, ya que faltaban varios millones de años para que el Hijo lo reclutase como piedra esencial de la causa divina.

Convocadas al unísono por gracia especial de su Creador, de esta forma fueron pasando las criaturas, alineadas en varias filas interminables que se perdían en la lejanía del horizonte. Aunque numerosas y fecundas desde el primer día por mandato divino, las criaturas sí eran finitas.

Es de suponer que Dios debió de decretar una tregua absoluta por ese día entre todos los animales, especialmente dirigida a aquellos que empezaban a mostrar actitudes con malas artes, para que todas pudieran acudir en paz e igualdad de oportunidades a la llamada.

Por lo oído, instaló provisionalmente la oficina en Almería, en la playa de San Miguel de cabo de Gata, frente a las salinas, para que pudiesen acceder a la ventanilla también las criaturas marinas.

Cuentan que, antes de confluir las filas en la playa, avanzaban por los llanos de El Alquián, ascendían por el río Andarax hasta ocupar el ancho pasillo de Tabernas y se da por descontado que llegaban, dejando atrás Sorbas y Los Gallardos, a las inmediaciones de Antas. A medio camino, mediada la rambla de Tabernas, se bifurcaba la muchedumbre en un ramal que, atravesando Gérgal y Nacimiento, a la altura de Fiñana recibía a los reclamantes más rezagados al piropo de «¡Tontos, tontos!».

Según la voz popular, las colas marinas no se quedaban atrás. La de poniente corría paralela a la costa, sobrepasaba Retamar, Aguadulce y Punta Entinas-Sabinar, para alcanzar las aguas de Balanegra. Hacia levante se organizó una doble fila que sobrepasó Mónsul y los Genoveses, Rodalquilar, Las Negras y Aguamarga, y ya en fila única desde Mesa Roldán la contemplaron algunas criaturas conformistas, reacias a los cambios, por el Playazo de Vera (con criaturas ya a pelo), Villaricos, Cala Panizo y la fosa de Terreros (donde alguno tropezó y allí pervive como monstruo prehistórico).

Rayando el sol naciente por las ondas del mar, sentado en su trono, majestuoso y benigno, Dios ordenó que pasaran adelante las criaturas, preparado para contemplar el esplendor de su magna obra de los días anteriores. De esta forma, fueron desfilando ante la ventanilla miles de descontentas y hasta ojerizas criaturas que no acababan de hacerse a su idiosincrasia y deseaban acelerar su evolución mediante algunas modificaciones. Hasta hubo quien se atrevió a insinuar, de ser posible, algún tuneo especial, y eso hallándose aún en la fase de los roces, todavía con la garantía válida y la etiqueta impoluta. Menos mal que Dios, en su omnipotencia y facilidad de acción, no rehuyendo las variaciones de opinión, resolvía en un periquete incluso la reclamación más extravagante.

El primero en tomar posiciones en la fila fue el último en ser creado, quien terminó, pasadas las eras, definiéndose como ser racional y *sapiens* frente a los demás compañeros de viaje. Su origen en materia tan servil como el barro no menoscabaría su orgullo.

Ninguno de los primeros padres, al principio obedientes a su Señor, abandonó el Edén que creó para ellos, pues ninguno sintió tentación alguna de perfección; sino que ambos permanecieron inocentes y sin aspiraciones mayores hasta que apareció cercana a un manzano una criatura reptando.

Sí llegaron, no obstante, especímenes de segunda y tercera generación, nietos suyos, rogándole que les acelerara la pérdida de la incómoda cola, para poder sentarse a gusto, erguidos, a imagen y semejanza suya.

Mientras, otros pedían acelerar la conquista del fuego y la invención de la rueda, así como el dominio de los metales.

Un hombre-rana, amigo de sus amigos, avanzado a su tiempo y residente en la hidrosfera, solicitando le transformara las piernas en aletas y lo dotara de branquias. Acabó convertido en pez payaso. Una mujer fideo asimétrica, que nadie se explica de dónde salió en tan corto plazo de tiempo, también avanzada a su época, amiga de sus amigas y siempre en peligro de acabar residiendo en la estratosfera al menor tornado, con la mitad de la cabeza rapada y el resto de pelo con mechas rosas y azules, a lo cebra, pero en tecnicolor, que según le afectara alguna brisa de viento se descuajaringaba de las rodillas, de la cintura o del cuello, abandonando la vertical, le suplicaba una talla 26 o «como mucho mucho 30». Dios, en su magna sabiduría, la derivó a hilo para cometa.

Las criaturas iban incorporándose a las filas con irregularidad, según iban descubriendo sus deficiencias, y a marchas forzadas, temiendo que se acabaran los fondos asignados para indemnizaciones o, en su defecto, que menguase la voluntad política superior. Unos arribaban en solitario; otros, en pareja, cogidos de la mano o de la aleta; y los había que lo hacían en grupo, como los peregrinos, conforme se juntaban en el camino, para minimizar riesgos.

El Creador iba admitiendo y corrigiendo con gravedad algunas deficiencias manifiestas, fruto de la celeridad con que había afrontado la creación. Esto explica que el grillo se quedara ciego y la hormiga perdiera sus alitas. Sin embargo, no accedió a muchas de las peticiones por considerarlas fútiles caprichos de las criaturas y retrasó tales asuntos para los posteriores ajustes y acomodamientos promovidos en el proceso de la evolución. «¡Tiempo habrá! -pensó-. Y dictamino que, cuando llegue el momento, Zamora no se gane en un día».

De este modo, a lo largo de una jornada maratoniana, fueron pasando por la ventanilla cientos de miles de reclamantes con más o menos motivos, junto a otros miles de pedigüeños, llorones y aprovechados, que de esta clase siempre han proliferado los especímenes en todo tiempo y lugar.

Nadie se extrañe de que los animales hablasen entonces con palabras que hemos transcrito al idioma humano moderno. En millones de años todo ha cambiado mucho. Aunque en tiempos de Esopo y Fedro aún se les entendía perfectamente; y todavía cuando La Fontaine, Iriarte y Samaniego, e incluso según Saint-Exupéry hablaban.

Pasaron por allí, por citar algunos casos sonados que se recordarán por los tiempos de los tiempos en las escrituras, cuando estas se inventen, la garza blanca, quejosa de lucir vestimenta tan poco sufrida y que incitaba a las demás aves a preguntarle dónde tendría lugar la boda y si las invitaba al festín; y el flamenco, cansado de que le preguntaran en qué lance había perdido la pata que le faltaba, motivo por el cual los demás se mofaban, apodándolo *el Cojo*.

Madrugó el somormujo para renegar del sambenito de pasarse el día disimulando, solo superado por el camaleón, que ni en tal ocasión apareció pronto sino con rodeos y sin ninguna prisa, para mostrar su agotamiento por tanto cambio de color, con las consiguientes confusiones de identidad y traumas psicológicos.

Hasta el ciempiés se apresuró, quien aunque todavía estaba aprendiendo a contar, ya echaba de menos bastantes pares de patas para ostentar tan magnífico nombre y ser consecuente. *Un tipo coherente*.

Otrosí la pulga saltarina, postulando mayor capacidad para brincar de huésped en huésped. Dios, antes bien, no dejó que se le acercara y la consideró un peligro, por lo que le recortó algo las patas. «Eso por chupona» -sentenció el Creador.

A puro salto llegó el canguro, exhortando que le achicara la bolsa, pues los hijos abusaban del hospedaje (con treinta tacos y todavía en casa, a cama y mantel).

A continuación se dejó caer por allí la araña, exigiendo más hilo y varios carretes de repuesto, porque a veces se quedaba corta y caía al vacío antes de alcanzar la otra orilla.

El caracol pedía una concha donde resguardarse de las inclemencias del tiempo y mayor capacidad de producción de baba que le permitiese acelerar y derrapar con más solvencia.

La cigarra, que pudiera dedicar la mitad del tiempo a allegar víveres para el invierno y librarse de las regañinas éticas de la hormiga, que la trataba de haragana, no siendo ese su proyecto de vida.

Otrosí el mosquito, que le hiciese silencioso el vuelo. *¡Qué cabrón!*

La rana quería que le alargase la lengua para atrapar mejor a los insectos y que le extirpara el remedo de cola que le quedaba en la fase de renacuajo.

El erizo solicitaba púas más largas y una caja de repuesto para sustituir las extraviadas en sus correrías mundanas.

El pavo real aspiraba a una cola vistosa, con plumas coloridas, para pavonearse -valga la redundancia- a su placer. *¡Qué vanidoso!*

El camello quería dos jorobas para diferenciarse y superar a su primo el dromedario.

El pulpo venía dispuesto a renunciar a dos de las patas iniciales, hasta el punto de que traía las dos que se había arrancado en una bolsa de congelados: sostenía que con ocho le bastaban.

La estrella de mar, en cambio, aspiraba a que le adjudicara una pata más, pues con cuatro le faltaban asideros; y que le colocara la boca hacia abajo.

De África aterrizaron por allí varios en vuelo *chárter* y bien avenidos. La mofeta demandaba la incorporación de un líquido fétido segregado por sus glándulas anales con que defenderse y ahuyentar a indiscretos y depredadores. Al Creador debió de parecer interesante el invento y le concedió la gracia, aunque al momento se llevó una mano al socorro de la nariz y con la otra, le hizo signos de que se alejara lo posible; la leona, con voz gangosa por estar tapándose como podía el hocico con una pata, amenazaba rebelión si el Creador no obligaba a cazar también al macho, modificándole algún gen por el cual le atrajera cazar, no solo... (Nota, lo dijo en voz baja, por lo que el cronista no quiere aventurar el signo de sus palabras, aunque hay quienes lo supusieron). El cocodrilo sugería que le dispusiera un dentista para componerle la siempre mellada dentadura; el hipopótamo se presentó rezongando, mientras solicitaba un nutricionista a su medida; la cebra, que le diversificara la gama de colores, y dejaran de tacharla de antigua o, incluso, tratarla con recelo por expresidiaria; y, por último, la jirafa y el elefante, aunque estos dos se incorporaron a la fila con mucho retraso a causa de algunas «indisposiciones anatómicas» podría decirse.

De los bosques del norte llegó el ciervo, quien propuso que le aumentara la cornamenta y, de esta forma, aumentar su harén para aparearse con más hembras. *¡Menudo sátiro!*

A pesar de su omnipotencia, Dios quiso implantar la costumbre de tomarse un descanso a media mañana, el bocadillo, para recuperar fuerzas.

Osó presentarse la serpiente, quien requería que le acondicionase alguna forma de patas para no tener que ir siempre por los suelos, arrastrada y en zigzag, duplicando la distancia a recorrer. Dios, sabiendo lo que ocurriría, se dijo: «¡Sape!», no quiso mirarla directamente a los ojos, sino de reojo, por lo cual ella comprendió y salió pitando.

Desde otra fila, mirando de reojo a la predecesora, sorprendió el gato exigiendo alguna vida más, ya que -aunque pareciera imposible- acababa agotándolas; y la abeja, rogando menos zánganos en la colmena y más polen en las flores, y a ser posible, que no hubiera planta ni árbol sin flor ni polen.

Por mar llegó la ballena, demandando una boca mayor para poder atrapar más krill cada vez y, ya de paso, que aumentara el ridículo tamaño de su sustento.

Otrosí la sardina, viajar en bancos mayores donde poder refugiarse mejor de los depredadores y, a ser posible, que no se inventasen nunca las redes de pesca ni las latas de conserva, o, en su defecto, que se retrasase en la medida de lo posible la aparición de ambos artilugios tan nefastos.

Ítem el grajo, triste por ir siempre de luto, aburrido de recibir pésames a diario; y que le preguntaran qué familiar se le había muerto, de qué edad y si por accidente o por enfermedad.

La tortuga rogó con exasperante sosiego que le agregara una segunda marcha o, por lo menos, que perjudicara al «listillo» -dijo- de Aquiles con dos talones vulnerables.

La liebre, que ya empezaba a insinuarle apuestas a la tortuga, y la perdiz, haciendo frente común contra la invención de cepos, lazos y doña escopeta, demandando reducir el olfato de los galgos impertinentes.

El conejo, tras apoyar la iniciativa de su hermana liebre y su vecina perdiz, añadió que le crecieran continuamente los dientes para poder roer *a diestra y siniestra.*

Como a mediodía, un pterosaurio, del tamaño de un avión de la Primera Guerra Mundial, acaso un quetzalcoatlus, la criatura voladora más grande conocida, llaneó en vuelo rasante, provocando la desbandada general por el Parque ante el temor a un viaje por los aires con consecuencias imprevistas. A un gesto enérgico del Creador se alejó a los espacios jurásicos, de donde seguramente remanecía.

El tiburón denunciaba el daño que le causaría algún día la mala imagen que le reportaría una historia ficticia y de acción, y solicitaba que el Sumo Hacedor desviara los acontecimientos de la evolución para que nunca pisara el planeta azul un tal Spielberg.

Como se lee en una escritura escandinava, fue el día en que Dios le alargó las orejas al burro para que no se olvidara más su nombre, cansado de que volviese una y otra vez a preguntárselo. Lo cogió de las orejas y mientras se las alargaba, le repetía: «Tu nombre es burro, burro, burro». Y mientras, le crecían las orejas. *Como para olvidarlo.*

También desfilaron por allí, entre otros, nutria, murciélago, salamanquesa y cuag (pidiendo este no ser extinguido); como miles de otros, cuyos nombres no hemos llegado ni a conocer pues desaparecieron mucho antes de existir la escritura.

Abandonó sus hábitos nocturnos el búho, para proponerle al Señor que le incorporase un tope atrás que le impidiera hacerse el cuello un lío y no saber para dónde debía girar la próxima vez.

Cuando aparecieron algunas de las creaciones más monstruosas o inacabadas, Dios se aturdió y las desterró a la zona hadal (profundidades abisales) de su planeta más querido. No obstante, un rape abisal insistió en que le transformara una aleta dorsal en una especie de antenilla con un punto de luz en el extremo para usar como señuelo con que atraer la atención de las presas. Dios, apenado, se lo concedió torciendo los labios.

¡Y qué sé yo cuántos descontentos más acudieron! Manadas, bandadas, bancos, enjambres, camadas enteras... miles de seres, millones, cada uno con su problema o preocupación a cuestas, y con su correspondiente solicitud bajo el brazo, ala o aleta, si traían tales extremidades en el diseño, que no todos salieron de inicio con tales accesorios.

Del sector vegetal o similar, para entendernos, se conectaron en remoto por videoconferencia varios árboles capitaneados por el manzano y el cerezo, secundados por melocotonero y peral, entre otros, para proponer la abolición benefactora del cruel granizo y la dañina helada, así como el parásito pulgón y la molesta cochinilla, cuyas existencias no comprendían, según afirmaron. Así quedó el asunto ya que se interrumpió la conexión antes de solucionarles sus demandas. *Se comprende que ya por entonces se caía la red súbitamente.*

Incomprensiblemente arribaron en hortaliza propia -pues no confiaban en emisarios- lechuga y berenjena, secundadas por zanahoria, rábano y coliflor, haciendo todas causa común y en nombre de la familia hortofrutícola, que ya atosigadas por orugas e insectos, las librase de la plaga que algún día las amenazaría con tanto vegetariano, que no se cebaran en ellas los veganos, que también ellas eran seres vivos, criaturas del Señor, con derecho a completar su ciclo vital, produciendo semillas y esparciéndolas con el viento por los cuatro costados del planeta (como era mandato de Dios).

De la jungla de Borneo se desplazó la rafflesia, solicitando un olor más nauseabundo para su flor con el fin de hacer más encantadora su atracción hacia moscas carroñeras y de forma tan sagaz ser polinizada eficazmente. Dios se tapó la nariz con una mano y con la otra le ordenó alejarse rauda a su jungla y permanecer allí.

Más sorprendente resultó la asistencia de una mínima pero poderosa delegación de microrganismos patógenos (*está por averiguar si habían sido alterados artificialmente en algún laboratorio*), incluso algunos que aún no existían o no habían mutado, gérmenes como algunos tipos de bacterias, protozoos, hongos, virus, viroides y priones, solo visibles entonces por el ojo divino (dado que todavía no se había inventado el microscopio), arremetiendo escandalosamente contra el descubrimiento de los antibióticos, despotricando en especial de un tal Fleming, al que consideraban el mayor asesino en serie de la historia. En las filas, las criaturas se sorprendían al ver flotar dos pancartas que decían, respectivamente: «Fleming, Chain y Florey: carniceros» y «Antibióticos NO, gracias».

Dios se sobresaltó un tanto por el barullo originado entre sus criaturas mayores, que empezaron a sentir extraños picores y a emitir toses secas y estornudos, y al descubrir lo que sucedía, lanzó una mirada amenazante a los gérmenes, los cuales depusieron su intento de reivindicación y se infiltraron entre las criaturas para los restos.

Tras estos últimos e insólitos casos, Dios se cansó de tanta demanda y decidió filtrar los casos para centrarse solo en las criaturas desvalidas.

Así fue cómo le prestó atención al tímido okapi, que andaba oculto entre las filas, y quien le rogó que le solventara el dilema identitario entre la jirafa y la cebra:

– O todo rojo o todo blanco y negro -se atrevió a comentar, en tono asustadizo-, pero a medio camino... parezco hecho de remiendos.

– ¡Anda, no te quejes!, que tú te debates solo entre dos soluciones. Peor parado ha quedado el ornitorrinco, que lo he dejado que no sabe si es ave, mamífero o reptil; con piezas de pato, nutria y castor, con los problemas de personalidad que debería de arrastrar de por vida y, sin embargo, ahí lo tienes, ni más feliz nadando en su riachuelo o dormitando en la madriguera.

Ante esta respuesta, el huidizo artiodáctilo corrió como loco a refugiarse en las frondosas selvas del norte del Congo, de donde nunca se atrevería a salir de por vida.

El cangrejo violinista llegó para solicitar el instrumento que acabaría dándole nombre millones de años después:

– En el *pack* de accesorios falta el violín -manifestó muy puesto y arrogante.

– ¿Qué violín ni qué sartén? -respondió el Creador, disgustado con tanta exquisitez de la mayor parte de las criaturas.

– La llamada pinza del amor, según contiene el folleto de instrucciones.

Dios lo miró incrédulo, cosa rara, y comentó:

– Un animal tan pequeño y ya tan previsor, preocupado por cosas tan nimias... ¿Tú qué vas a hacer con un violín?

– ¡Hombre! Aún no sé solfeo, pero lo que es mío, es mío -precisó el crustáceo alzando una pata delantera.

El Creador lo agarró por la pata, le metió un tirón, a resultas de lo cual la extremidad le quedó mucho más larga y, con la hinchazón por el traumatismo, desorbitadamente gruesa, descompensando su cuerpo.

-¡Hala, arreglado! Ya tienes una pinza de violín adosada! ¿Conforme? ¿No es lo que querías? -le dijo, ante lo cual el artrópodo, todavía conmocionado por la sacudida, se marchó desplazándose de medio lado y con la pinza al hombro para equilibrar el peso.

A continuación la gacelilla alcanzó su turno. Llegó atemorizada y corriendo que se daba con las pezuñas en el rabillo, y todavía jadeando necesitó unos segundos para recobrar la respiración, tras lo cual expuso su queja a propósito del instinto alevoso («pérfido», dijo ella) que iba asomando en el león, quien alegó que la gacelilla era una quejicas y que él solo quería jugar al *pillao*.

– Es un *mintiroso*, Señor –respondió la gacelilla entre indignada y llorosilla, quien todavía tenía para algunas cosas lengua de trapo-, que a lo que quiere jugar es al *comío*... pero al *comío* de yo. ¡Y eso, no! Eso está *mu-mu* feo.

– El mandato -reveló el Creador- es que todas tenéis que comer y beber, crecer y reproduciros. Pero a ti, delicada criatura, valorada tu petición, te alargaré las patas y te aumentaré la velocidad punta hasta rozar los cien kilómetros por hora; y aprenderás a correr en zigzag para esquivar a los aviesos perseguidores -dijo Dios. El león escuchó el juicio salomónico y, aunque le desagradó el fallo, dio muestras de acatarlo y, dando por perdido el capital, no se atrevió a rechistar por si las moscas sacaban tajada de todo ello.

En estas, llegó la mariposa de bellos colores, inquieta y revoloteando por aquí y por allá, de flor en flor y de corrillo en corrillo mientras esperaba, incapaz de guardar la cola. Y sin dejar de revolotear, se posó en un brazo del sitial divino, adoptando una actitud altiva. Al notar la tierna mirada del Creador sobre ella, entrecruzó las patillas delanteras, jugando con los extremos como si fueran dedos, y con ansiedad de mariposas en el estómago miró al personaje de larga barba blanca, que se estaba tomando el respiro de media tarde.

– Quiero que me alargues la probóscide -dijo al fin, muy coqueta y atrevida, bien derechita y alzando alternativamente los hombros como adolescente espigadita.

– ¿Eso qué es? -le preguntó humilde su Creador, asumiendo la carencia léxica.

– ¡La espiritrompa, chico! -replicó ella incrédula, como ofendida.

– ¿Pero ya os sabéis el nombre de todas las cosas? -inquirió el Creador extrañado por la aceleración que estaba tomando el tiempo-. Si no te importa, aclárame qué es eso de la *espiri... esa*. ¿Acaso te doté de alma?

– ¡Si me la pusiste Tú mismo ayer, hombre! -objetó ella entre enfadada y lloricona-. ¿Es que se te ha olvidado tan pronto?

– Verás, bella criatura. Han sido tantas cosas en tan poco tiempo... que, sinceramente, ¡acabé ahíto y no recuerdo la mitad! -le confesó Él excusándose.

– ¡La trompa succionadora, jolín! -aclaró ella, sin abandonar su enfado incrédulo.

– Ah, sí. Ahora recuerdo que tú vives del polen -reconoció Él.

– Pues, por eso -aseveró ella-. Si me la alargaras un poco, me alimentaría antes y podría dedicar más tiempo a husmear lo que hacen otros por ahí en el jardín.

– No, que entonces le harías competencia a tu hermano colibrí o quedarías hocicona y, además de hacerle sombra al elefante, dejarías de ser tan bella -pretextó Dios-. Podrías convertirte en un peligro al saber más de lo recomendable para vivir. Ya me he dado cuenta de que te gusta fisgar lo tuyo. Me saliste demasiado *asuntera*. ¡El siguiente!

– ¿*Asuntera*? -repitió ella, con un aspaviento de desagrado-. ¿Yo *asuntera*?

– O chismosilla -aclaró Él, con retintín, pues también traslucía sus emociones en día tan señalado-, que es sinónimo; propensa al chafardeo.

La mariposa dibujó un nuevo mohín de enojo engurruñendo el probóscide y, fiel a su condición, se retiró fisgoneando muy interesada en las conversaciones que se mantenían en las filas so pretexto de ir buscando flores con polen.

De esta forma transcurría la jornada y, unas criaturas por unos motivos, otras por otros, ya casi al final del día se presentaron algunas de las más rezagadas: entre ellas, el mono y el bonobo, en cierta medida por proceder de la remota África y haber perdido el vuelo *chárter* contratado por las otras criaturas, y también por andar en sus cosas; la jirafa y el elefante, acuciados por dificultades de movilidad; así como la gallina, esta por razones menos exóticas.

Así pues, al final de la última cola, humilde y prudente, se emplazó la gallina común, que llegaba tarde y jadeante porque se le había atrancado el huevo del día y le costó trabajo desprenderse de la incómoda deposición. Además, careciendo de la facultad de volar, se vio obligada a correr campo a través desde el tranquilo cortijo en el que se había acomodado en el paraje de Las Alcancías, junto a la rambla de las Covaticas, en las estribaciones orientales de la sierra de Los Filabres. Cuanto más se aproximaba a la ventanilla más doblaba la cabeza hacia la derecha, pues oía mejor por el otro lado, interesada en las soluciones que aportaba el Creador y que millones de años después se conocería como teoría de la evolución. Cacareaba con insistencia, quizá como expresión del malestar que sentía al acabar de poner el dichoso cuadrado, pues -aunque pueda parecer extraño- no fue diseñado de inicio con forma oval.

Alargó desmesuradamente la oreja al estilo de trompetilla bubucela para aguzar el oído con el fin de captar las soluciones que le daba el Creador a los que la precedían por hacerse una composición de lugar. *Ella muy previsora.*

La gallina reparó en que un mono recién llegado, valiéndose de alguna triquiñuela y un par de cucamonas, se coló en la fila, avanzando varios puestos y quejumbroso de que con tan larga cola se enredaba en las ramas de los árboles.

– Lo que tienes que hacer es aprender a utilizarla. ¿No ves que puede servirte como quinto apéndice para columpiarte mejor de rama en rama y de árbol en árbol sin pisar el suelo?

– Además -le susurró un primo suyo, el bonobo, que le seguía en la fila-, puedes propinarle con la cola un pescozón por detrás a quien se te ocurra sin que sepa que has sido tú.

Dios, que debió de oír algunas palabras sueltas del bonobo, lo miró con malas trazas (algo impensado de quien venía), pero guardó silencio. El mono se fue contento, eligiendo quién iba a recibir el primer cachete. Su primo se acercó muy empingorotado a la ventanilla para proponer que en el futuro se resolvieran las rencillas con el prójimo practicando más amor, incluso con los enemigos y enemigas del territorio. Al Creador, en su inmensa bondad, le pareció bien, le animó a profundizar en su propuesta y la criatura se alejó frotándose las manos a la vista de las perspectivas, avanzadilla jipi.

A continuación vio la gallina cómo llegaba ante la ventanilla la jirafa portando su largo cuello, con una ridícula cabecilla coronando el extremo.

– ¿Para qué quiero yo un cuello tan largo, que a veces no sé si lo que tengo debajo son mis patas o si son de otra que se ha colado por debajo? Y me siento muy pesada.

– Tonta, ¿no comprendes que en épocas de escasez, gracias a ese cuello tan largo, serás la única que pueda ramonear entre las hojas más elevadas de las acacias, en las copas? Ya te corregí las deficiencias de tu termorregulación mediante unos cuernecillos, para entendernos, que también te sirvan para el cortejo. ¡Conténtate, hija mía; otros tienen más motivos para quejarse!

La jirafa asintió y se fue contenta, balanceando la cabeza según trotaba, a punto de descalabrarse o romperse los *osiconos* (como los llamarían muchos milenios después los científicos en su afán taxonómico).

Luego llegó, por último, el pesado elefante intentando no tropezar con su propia trompa, que lo desequilibraba a cada paso.

– Creador, me sobra el moco -musitó con pena.

– No debo privarte de tan valioso apéndice. ¿No ves que en épocas de sequía solo tú podrás obtener, gracias a tu hermosa trompa, la escasa agua que mane en los riscos de peor acceso y los demás perecerán de sed? Además, aprovechando que se me fue la mano en la prominencia, ya te doté del mejor olfato entre los animales del mundo. ¡Conténtate, hijo mío; otros tienen más motivos para quejarse!

El elefante asintió y se alejó satisfecho, sin dejar de tropezar con cuantos baobabs encontraba a su paso. Al Creador le dio pena la tosquedad del primo del mamut y recapacitó:

– ¡Oye, tú! -le exclamó a grandes voces cuando la criatura se perdía por lontananza-. No olvides que te agraciaré con una buena memoria para recordar los caminos milenarios de tu especie por la sabana y cómo encontrar fuentes de agua en el estío.

Una vez retirado el elefante, la gallina se acercó mohína y suspicaz, pero con decisión, sabiendo lo que quería.

– ¡Co-co-co cuáag! ¡Co-co-co cuáag! -cacareó con determinación, es de suponer que debía de ser su fórmula de saludo y también para dejar claras sus firmes intenciones ante el Creador, al que miraba de medio lado, sin fiarse del todo.

– Y tú, pequeña, llamada a ser dócil ave de corral, ¿qué pides que no tengas ya? -le interrogó el sumo hacedor con cierta desgana-. Dispones de vistosas plumas, fuerte pico y afilados espolones tu macho, suculentos huevos para engendrar a tus polluelos...

– ¡Eh! ¡Eh! Quieto parado ahí -exclamó ella con brío-. ¿Tú de qué vas, listillo? ¡Co-co-co cuáag! Conmigo te equivocas del pico a la cola. A mí no me lías como a esos bobos de antes -y meneaba un ala en alto en señal de negación-, que con dos pamplinas y un arrumaco los has convencido en un santiamén. Que he oído la conversación y te he captado la estrategia... Yo tengo de más o de menos, según se mire.

«¡Uf! ¡Vaya elemento, con lo pacífica que parece! Revoltosa y redicha me ha salido esta» -pensó el Creador, mas añadió deseoso de solventar raudo la papeleta y retirarse a descansar cuando empezaba a declinar la jornada extra:

– Y bien, ¿qué quieres de mí? ¿Qué demandas?

– ¿Que qué quiero?, no. ¡Qué exijo! ¡Co-co-co cuáag! Es muy sencillo. De aquí no me muevo hasta que no me arregles el despropósito. ¡Co-co-co cuáag! Tú verás lo que haces con mis defectos de serie. Y levanto hoy aquí la voz por todas mis abnegadas hermanas de condición -añadió, creyéndose en un mitin en una plaza de toros o ante la asamblea de la ONU-, hermanas ponedoras.

– ¡Vaya por Mí! -se exclamó Él mismo-. Mas… con lo espabiladilla que me has salido -apuntó Él-, imagino que traerás alguna solución en mente, ¿no?

– No creas que va a servirte el piropo fácil para contentarme así como así -respondió con aplomo la gallina-. Sin embargo, seré generosa, para ahorrarte la fatiga de pensar mucho. ¡Co-co-co cuáag! Lo primero es que me diseñes el huevo redondeado, sin aristas... ¡que no veas lo que cuesta la deposición!

– Concedido. Te asiste toda la razón del mundo -reconoció el Sumo Creador-. ¡Cómo estuve Yo ese día!

– Pero aquí no acaba todo -sostuvo la gallina.

– ¡Ah! ¿Hay más?

– ¡Digo! Esto era de cajón: un fallo de diseño imperdonable. ¡Co-co-co cuáag! Suma que además te doy dos opciones.

– Dime, y simplifica la cuestión, por favor, porque contigo llevo el doble de tiempo que con las demás criaturas y estoy deseando cerrar la ventanilla, no vayan a llegar más reclamantes.

– Pues simplifico. ¡Co-co-co cuáag! A mí, una de dos: además de redondo, o me haces el huevo más pequeño... ¡o me diseñas más grande la puerta trasera para la propulsión! ¡Co-co-co cuáag! Pero dejarme las dos cosas como están, ¡no! ¡Ni hablar del *plumerín*! ¿Me he explicado convincentemente o tengo que sacar a colación algún trapo sucio para convencerte?

El Creador se rascó la barbilla con el dedo índice, miró con disimulo a izquierda y derecha, de arriba a abajo, todo el cosmos visible entonces, y viendo que estaban a solas, no pudo menos de decirse abrumado:

– ¡Válgame Yo! ¡Cómo se me ocurriría la idea! Y déjate que llegue aquel agitador, el díscolo mayor, el entrometido Darwin, y me la líe parda con sus teorías subversivas. Menos mal que para eso faltan unos cuantos millones de años... ¿En qué estaría pensando Yo? ¡Con lo a gusto que estaba solo! Ahora que... con esta cierro el negocio. Se acabaron las creaciones, me recojo a la armonía de mi eternidad celestial y que de aquí en adelante se apañen ellos solos, cada cual por su cuenta y pelleja. Y a partir de hoy, a todos les reduzco a su mínima expresión la facultad del lenguaje... -y rectificó al momento-: Salvo a la criatura que algún día me creerá a su imagen y semejanza, alegando que yo la hice a las mías, la criatura más querida, aunque ya sepa yo que antes o después me acarreará muchas decepciones y no pocos dolores de cabeza. Pero le permitiré experimentar. ¡Qué coñazo de Creación me ha salido! ¡Por Yo santo, si me merezco el Cielo!

– ¡Amén! -se oyó todo en derredor y retumbó en los confines del universo recién creado, que por entonces quedaba más a mano.

LOS VIAJES DE LINDO

Miguel Galindo Artés

Encuentro con Lindo

Allí tenía Lindo una libreta de hojas en blanco cuadriculadas y en la hoja siguiente depositó el teléfono móvil silencioso y apagado, para sentirse aislado y al mismo tiempo comunicado con tantos grupos y contactos cuando él estuviese dispuesto para activar.

Prefirió sujetar con firmeza la pluma, es un poner, el bolígrafo y garabateó hasta la extenuación. Aquel ejercicio caligráfico le daba vida a su mano, a sus dedos, como un bebé descubriendo sus movimientos y después el potencial de la palabra manuscrita. O el pintor que esboza un futuro en el lienzo con un solo pincel. Mano, arte, futuro. ¡Vaya responsabilidad para Lindo!

Por aquel entonces no era nadie. Un humilde estudiante más en la Universidad de Granada, en concreto de Filosofía y Letras. En ese momento comienzan sus viajes, que se prolongarán durante algunos años, desde Almería hacia la ciudad ensueño y cuna del reino oriental. El contraste entre ellas era evidente: desde el nivel del mar hasta la altitud de la montaña, desde el cálido verano al frío invierno.

Había tres rutas posibles, dos en autobús y una en tren, además del lujoso viaje en automóvil, descartado para un estudiante salvo que practicase el auto-stop. Probó todas ellas. La de autobús de color rojiblanco, conocida con el nombre Alsina (de la empresa), recorría por la costa dirección Motril. Numerosas paradas dilataban el recorrido, sobre todo en Adra, Motril y Vélez de Benaudalla, en total unas cinco horas. Disponía de dos horarios de salida durante el día, a las siete de la mañana y a las tres de la tarde. La segunda línea surgió después y se dirigía por el interior hasta Guadix, donde se enlazaba con otra compañía por el Puerto de la Mora hasta Granada.

La otra alternativa era el tren, cuya salida a las 6.00 permitía llegar a las diez de la mañana. Y aquí estaba Lindo, en una estación diseñada por Eiffel, estudiando apuntes para el examen, porque en tren era más fiable, menos movida y más cómoda la lectura, también el dormitar cansino con el sonido prolongado y monótono del traqueo por las vías. Nada que ver con las curvas de las carreteras de entonces.

Los paisajes eran totalmente opuestos, en autobús por los acantilados divisando el mar hasta Motril; en tren por las serranías de los montes orientales: Gádor, Gérgal, Guadix, Moreda, Deifontes, Píñar, Iznalloz, el embalse de Cubillas. Todos esos nombres le evocan historia cumplida y mágica de un pasado entrevisto, vívido. Conforme el tren asciende penosamente lento desde el nivel del mar hasta los mil metros, su ritmo se ralentiza y, a través de los cristales de las ventanas, se pueden ver ciervos, zorros, cabras, conejos, perdices y una abundante y verde vegetación. Los ojos se remueven en sus cuencas queriendo retener todo. Como decía un poeta, por ejemplo Lorca, el paisaje se abre y se cierra como un abanico.

El tren y su mitología en la conquista del oeste americano, para el triunfo de la revolución en la Rusia de Lenin, para el triunfo de otra en Oriente Medio con Lawrence de Arabia, el tren y el progreso a golpe de trabajadores y obreros. El tren para un estudiante universitario.

La observación y la intriga forman parte de la novela policiaca, así que cada viaje suponía una aventura doméstica, previsible, pero aún así incierta y dudosa como todo viaje. ¿Qué pasará Lindo cuando llegues a tu destino?

Primer viaje: una amiga

Decidieron recorrer la costa del levante almeriense, quizás por el estímulo de la novela de Juan Goytisolo, *Campos de Nijar*, que Lindo no leería hasta años después, pero ella sí la había leído mientras Juan recibía los homenajes de la Diputación de Almería.

Así que un día de finales de junio se dirigen hacia esta costa abrupta. Aquí, en la estación de autobuses de la capital con las mochilas al hombro aguardan la salida del coche de pasajeros dirección a Cabo de Gata-San José. En la parada prevista en La Isleta del Moro se bajaron y comenzaron sus aventuras. No buscaron hospedaje, sino que caminaron bordeando la costa descendiendo y caminando de cala en cala hasta que llegó la noche. Acamparon donde el azar les llevó, podía ser la cala del Bergantín. Lindo se entretuvo iluminado por una vela en redactar un «elogio de las gaviotas». Se despertaron sobresaltados porque un ejército de hormigas se apoderó de la tienda y tuvieron que recoger las pertenencias y salir espantados, reanudando la aventura bajo la luz de una linterna. El amanecer les dio un respiro de alivio y prosiguieron la marcha luminosa en dirección a Rodalquilar.

Su joven generación se distinguía porque les gustaba ver y andar, quizás siguiendo la consigna cervantina de quien anda mucho y lee mucho sabe mucho. Y eso hicieron en el poblado minero abandonado. Ver los barracones obreros, las casitas ajardinadas de los ingenieros, la fábrica de producción. Un amable guardián de las instalaciones les guió por el interior. Sorprendía los mensajes y consignas decimonónicas expuestos en las paredes: el tiempo es oro, el trabajo dignifica.

Acamparon en El Playazo y al día siguiente reanudaron la expedición hacia Aguamarga. Resultaba penosa la marcha por senderos de cabras y cruzando numerosas ramblas que desembocan al mar. Abajo las calas invitaban al baño. Una de ellas la cala del Plomo. Se acomodaron entre las paredes de un viejo y derruido cuartel de carabineros. Encendieron una hoguera en una chimenea ruinosa y prepararon un arroz blanco con agua de mar previamente hervida para eliminar la sal. Durmieron profundamente, sabiendo que estaba próxima la siguiente población. Repusieron fuerzas y vituallas en esta localidad, pero su destino se situaba más cerca y más allá: la playa de Los Muertos. Cuando llegaron al mirador agreste al atardecer, se encontraron con una pareja de la Guardia Civil que procedió a un breve y amable interrogatorio, tras el cual descubrieron que conocíamos a un buen amigo común en Carboneras al que avisaron de nuestra presencia en el paraje virginal. Allí estaba el paraíso, la belleza, el silencio, Adán y Eva, compañeros amorosos, labios dulces de besos, abrazos cálidos, un viaje de novios laico y natural. Miradas radiantes inundadas de todo: vida, futuro, deseo, amor, como peregrinos en su patria. Las veleidades poéticas se apoderaron de Lindo redactando febrilmente una serie de estampas líricas con el título genérico de «Elogios», similar a las *Impresiones y Paisajes* de Lorca o los cuadros y retratos en prosa de Juan Ramón Jiménez. Es el momento de reproducir el arriba citado «Elogio de las gaviotas»:

Gaviotas en la Bahía

Decía mi amigo Manuel Rodríguez que son ratas con alas, José Saramago que se parecen a las palomas. ¿En qué quedamos? Con los dos: ratas por su afición a las basuras, paloma por su orientación en el vuelo. Recordar a Juan Salvador Gaviota de Richard Bach y el homenaje que le tributa el cantante Neil Diamond.

Es verdad que todas las opiniones son válidas, pues gaviotas y sus poblaciones en la bahía animan el aire con sus graznidos que recuerdan que son libres, tienen alas y vuelan. Nosotros no, somos terráqueos y, si se descuidan, las cazamos, al fin palomas, aves, también ratas.

Además señalan los bancos de peces, revoloteando tras y sobre ellos; indican la proximidad de la costa, porque anidan en acantilados rocosos. Representan un símbolo de esperanza, alimento y salvación para los navegantes.

Al mismo tiempo, esa afición por la basura las condena al aislamiento y al desprecio.

Recuerdo cómo avizoraban el vacío del patio del instituto «Juan Goytisolo» de Carboneras al intuir el comienzo y término del recreo, entre las 11.00 y las 12.00.

Con la doble inteligencia de rata y paloma se posicionaban en los montes aledaños que rodean el centro. Aguardaban silenciosas, cual buitres, acechando la futura carroña. Cuando el alumnado, niños y niñas, abandonaban el patio y la pista de deportes, se dejaban caer a la búsqueda de residuos de bocadillos, chucherías, frutos secos, gusanitos y vaya usted a saber qué otras porquerías estarían dispuestas a degustar. Buen equipo de recogida de basura si se dejaran amaestrar.

Eso sí, como un ejército disciplinado, acudían diariamente durante la jornada escolar a la hora consabida, pero se desorientaban cuando llegaban las vacaciones, pues el centro quedaba en silencio, hasta que, inteligentes ratas, descubrían que mejor buscar otro rincón de rapiña.

Suelen moverse en bandadas entre diez y veinte ejemplares.Sus graznidos se extienden por toda la costa y las viviendas próximas a ella. Las he escuchado en Oporto, en la desembocadura del Duero; en Tánger colonizando los bloques de pisos más altos y en Carboneras, desde la playa de la Galera hasta los acantilados de Mesa Roldán.

Su dominio del vuelo resulta majestuoso en una atmósfera dominada por los vientos de Levante, suelen refugiarse entre las oquedades de la roca, pero si hay hambre se enfrentan a las olas y al viento, incluso a los pescadores. Son arrojadas y valientes, entre orillas.

La parte que corresponde a paloma atrevida lo representa Juan Salvador, un gavioto que quiere volar por su cuenta, descubrir por sí solo el mundo, otros vuelos, otros lugares y no se da cuenta de que pertenece a un clan, a una manada y la ley le impone el gregarismo de grupo; sus piruetas y arrojados vuelos no le conducen sino a la soledad y la destrucción, porque él pertenece al clan y este ha decidido estar de 11.00 a 12.00 en los aledaños del «Juan Goytisolo», que es bueno para todos y él debe colaborar porque el alimento está asegurado.

Adentrarse mar adentro sin un maestro de la manada profesional conduce al suicidio, al fin al cabo hablamos de un gavioto, un adolescente inquieto, curioso, inteligente que se desclasa y ante ello se enfrenta al infinito, a lo eterno, a la nada. Su vuelo es un aleteo en el vacío. Mar y cielo, azul permanente: la muerte sola y silenciosa.

Juan Salvador vuelve al grupo, se integra y será un magnífico instructor de vuelo. Alcanzará el grado de comandante. Trató de acercarse al Principito, pero la fuerza de la herencia y la genética no le permitían realizar sino lo que hizo. Devolver sus experiencias a la bandada.

Esta parte de paloma atrevida la representó gráficamente en múltiples ocasiones Rafael Alberti hasta el punto que ha simbolizado, con el apoyo de Picasso, el emblema de la paz. Pero nunca confundamos a la temeraria paloma, con su impresionante espíritu mensajero durante las guerras y las paces, con la gaviota timorata que se refugia en la arena de las playas cuando considera que no merece la pena arriesgarse porque arrecia la tormenta.

Una paloma nunca pensaría eso. Se arriesga ante el imperativo de la misión social que cumplir; la otra, la gaviota, se escabulle porque le vale sobrevivir sobre los desechos.

En lo que debemos coincidir es en su capacidad de ave y vuelo, en sus alas, en su blancura, en su..., no sigo. ¿Semejanza?

Hay una distancia enorme entre quien se alimenta de basura y se alimenta del pan de los pobres. Las palomas pertenecen a este segundo grupo. Aprovechan las migajas de cereal, no picotean la carne, salvo necesidad, les gusta el grano.

Las otras, los peces y picotean, más bien tragan, todo lo que huela a carroña.

La comparación entre ellas se establece a nivel estético: son blancas, vuelan ágiles y veloces, su mundo se desarrolla entre el mar y el cielo. Hasta ahí. Además son lo que son. Aves, animales del género alado.

¿Alguien ha visto una jaula de gaviotas? No. ¿Y una jaula con palomas? Sí.

Algo tendrán de maravilloso unas y otras.

En esta geografía, tan sencilla como el silencio silente, sobran las palabras, que se dejan sentir en el tacto, en el olfato, en el agua desnuda para una Alfonsina redimida y revivida que vuelve una y otra vez a la orilla de la playa donde Lindo aguarda, como faro iluminado, su cuerpo de agua, de sol y de sal.

La luz del amanecer les despierta solitarios y desnudos se bañan en las cálidas aguas cristalinas y transparentes, desayunan y caminan por los alrededores, ella con flores en su pelo, él absorto en su cuerpo de sirena florecida.

Un día junto al mar transforma los sentidos, dos días los confunde y al tercer día surge la añoranza. Así que buscaron el refugio de la amistad en el hogar de Luisa y Juan Flores en Carboneras, atendidos con afecto y delicadeza, bien aseados y alimentados acabaron conducidos y transportados por su amigo hasta la estación de autobuses de Almería, donde la pareja se despidió con sendos besos en la frente, en los ojos y en las mejillas con sabor aún de sol y de sal, la sirena morena se marchó sin más.

Segundo viaje: un amigo

En este caso el itinerario sería por el interior. Ahora tenemos a Lindo acompañado de su amigo Andrés en el andén de la estación para subir al vehículo indicado con la placa Alhama-Laujar. Recorría toda la ruta de la Alpujarra almeriense hasta las fuentes del nacimiento del río Andarax.

En Alhama les esperaba el oasis. Una casa estilo colonial de principios del siglo XX para ellos solos. Al lado un horno de pan y rosquillas, al otro calle arriba se encontraba el centro del pueblo, pero antes subiendo una cuesta se encontraba el bar Recreo situado en una plazuela cuadrada, ocupando toda una fachada. En su amplio interior se exhibían una mesa de billar a tres bandas, mesa de ping-pong, diferentes mesas para jugar al ajedrez, a las damas, a las cartas, al dominó. Aquello fue un descubrimiento para Andrés; no sería el último. El fácil acceso al centro permitía visitar la iglesia, en un lateral de la plaza se adentraron en el bar La Tertulia, con sus amplios espejos cuadrados estilo siglo XIX. En frente la casa, estanco, armería y zapatería de Emilio Díaz, y un poco más arriba, el mercado de abastos. A partir de ahí callejuelas flanqueadas con viviendas de planta baja hacia todos los lugares, entrecruzándose, establecían un laberinto de fachadas monte arriba o ladera abajo. En una de ellas vivía sus últimos años el afamado pintor Moncada Calvache.

A los pies de una ladera se erguía poderoso el hotel balneario donde se podía disfrutar de unos íntimos paseos románticos por sus jardines y una terraza con vistas al valle donde entablar una tertulia literaria.

También existía un baño termal, privado, regentado por un agradable matrimonio que cobraba un módico precio por una sesión. Una enorme bañera de mármol, similar a las romanas, con un gran tapón de corcho, que habilitaba la entrada del agua, presidía la habitación y les permitía un baño sin límite de tiempo, pero educadamente se hacía un uso solidario y respetuoso de la misma. Luego salían flotando con la sensación de beatitud caminando, silenciosos y regocijados, por las calles y entre los paisanos hasta llegar a la casa.

Al día siguiente prepararon la inmediata aventura. Esta vez era a pie con una mochila colgada a la espalda. Bajaron el camino del Molino hasta el río Nacimiento que irriga el valle, serpenteando entre poblaciones. Al ser junio, estaba seco, pero pequeños arroyos, balsas, pozas y acequias deleitaban el camino con el sonido cristalino de las aguas fluyendo hacia el mar de Almería acompañado del trino de los pájaros.

En las laderas se asomaban viviendas y cortijos que pertenecían a diferentes localidades. Andrés estaba asombrado por la vitalidad y el apego de aquellas poblaciones junto a un afluente que no siempre traía agua. Las vegas cultivadas, los huertos cuidados en laderas y orillas protegidas de los aluviones, el campesino en su tahúlla, el borrico con las aguaderas o serones caminando cansino al atardecer de vuelta a la cuadra. El ritmo apacible de la naturaleza los acompañó hasta llegar a Alboloduy.

Era media tarde de ocaso, el sol detuvo su declive por un momento, lo que les permitió encontrar a un amigo que les acompañó rambla arriba hasta llegar a una colina en la sierra presidida por una vivienda acogedora en su rústica y humilde construcción. El cansancio sólo les permitió encender algunas velas, preparar un fuego en la chimenea y acomodarse con una manta en el suelo para dormir profundamente hasta el amanecer rosado. Durante esa mañana recorrieron los alrededores, bebieron agua de un aljibe, probaron algunas uvas de viñas salvajes y recogieron leña para la siguiente fogata. Al medio día Lindo preparó una sartén de migas de pastor, acompañadas de habas crudas, chorizo y morcilla, tocino asado y un buen vino del país.

Por la tarde dormitaban con un libro de poesía en las manos y a la hora del crepúsculo se sentaban al borde de la colina para observar la luz cambiante y la llegada de la luna y las estrellas. En silencio observaban con la mirada detenida hacia el cielo. Luego volvían junto al fuego, leían y escribían notas e impresiones hasta que se consumía la iluminación flotante por las llamas de brasas mientras un sueño reparador se apoderaba de ellos. Uno de los escritos redactados y conservados era el siguiente «elogio» del rincón, inspirado por esta intimidad entre el ambiente y la luz que declina.

Un no lugar, depósito de desechos, lugar vacío. Ocupado por el acecho, el olvido y la sorpresa. Predispuesto y destinado a la ocupación.

Está el rincón del vago, pero también El villano en su rincón [Lope de Vega, 1617; Tirso de Molina, La Villana de la Sagra, 1611].

El rincón también se llama Ancón, un vacío entre líneas, una encrucijada lineal, aunque puede ser curvo como en la costa. La geometría está a su servicio.

El rincón en una versión tradicional se relaciona y nombra a la chimenea: «Arrímate al rincón». Lugar acogedor, sin duda, cálido y familiar. Lugar alimento, cocina, fogón.

También espacio de castigo en el colegio: «Castigado, al rincón», después «el rincón de pensar», un castigo más dulce, pero igual de estigmatizador.

El espacio más difícil de limpiar, allí no llega la escoba, se acumula el polvo, los ácaros, los maceteros, las lámparas de pie, las sillas y otros muebles rinconeras.

También es el rincón de la memoria acosado por el olvido y asediado por brillantes estrellas que parpadean invitando al recuerdo. Algunas fugaces escapan y arrojan cenizas, otras mantienen luminosas la ilusión y la esperanza.

Desde este refugio solitario en la sierra realizaron varias expediciones. Una hacia la Venta del Pino, núcleo de conexión desde Granada hacia Murcia o Almería. El camino lo hacían a pie siguiendo la carretera asfaltada, acompañados por campos de olivos, almendros y amapolas rojas, y donde el tráfico de vehículos o recuas era esporádico.

A la llegada repusieron fuerzas con un desayuno saludable de café con leche en vaso largo y bocadillo de jamón. Interrogaron al dueño sobre la venta y este les informó que sobre todo acuden cazadores de la zona, pastores, campesinos, además del tráfico de viajantes, agentes comerciales y pocos turistas. Un poco más adelante se encuentra Gérgal, que es la capital administrativa de toda la zona y cuenta con estación ferroviaria.

El hombre tenía ganas de hablar y desahogarse con la queja del problema del agua, debido a la falta de lluvia, sin ella no hay aceite ni almendras, todo esto será una ruina. Nunca sucedió, pero ponía el grito en el cielo confiado en que lloviese a su gusto, no de manera torrencial que daña las laderas, desborda ramblas y las escorrentías se llevan la escasa capa vegetal, no, quería una lluvia a su gusto.

Los jóvenes estudiantes escuchaban con atención y permitió un par de horas de charla prolongada entre las preguntas y las extensas respuestas. Compraron pan y algunos embutidos y se despidieron educadamente con la promesa de otra futura visita.

La vuelta fue animada, la tarde se extendía cálida y lánguidamente lenta sobre el paisaje, sobre todo rodeado por el silencio y contemplado con la mirada. Ya habría tiempo de comentar el encuentro y el diálogo con el ventero. Estaban reviviendo el camino con una nueva experiencia atesorada. El terreno se veía de otra manera, alguien les había ilustrado sobre la idiosincrasia serrana y sus problemas. De ver les llevó a reflexionar. Agotados ascendieron la colina y se recostaron en el catre del porche del cortijo, contemplando el atardecer desde el poniente.

La carencia de lluvias afectaba también a la ganadería, no vieron rebaños de cabras y ovejas, pero ese era el milagro esperado para que creciera la hierba verde como alimento. No sólo era una cuestión de almendras y aceitunas, sino de carne y leche y abrigo (lana, cuero).

La noche resultó más animada, comentaron la problemática de la zona, leyeron versos mal traducidos de Paul Verlaine, se calentaron a la luz de la chimenea y, en un instante, Andrés observó un movimiento extraño. Su alarma alertó a Lindo y juntos descubrieron un escorpión caído del tiro de la chimenea, pero no en el fuego, sino próximo al mismo. Les dio tiempo para contemplar su estructura anillada y sus pinzas asustadas, amenazadoras. Sorprendidos y curiosos miraban fascinados por aquella aparición. Al mirarse los amigos les vino a la cabeza el refrán popular: si la víbora viera y el escorpión oyera, no habría hombre que al campo saliera. Uno pensaba en darle un zapatazo, pero el otro recordó que los escorpiones si se ven amenazados por el fuego proceden a clavarse el aguijón y se suicidan. Así que decidieron rodearlo con ascuas y poco tiempo después sucedió lo previsto. Tras aquel suceso inesperado un profundo sueño se apoderó de ellos.

Dominados por un silencio estelar, el amanecer les esperaba grandioso y allí estaban ellos como testigos privilegiados. Decidieron descender hacia el sur hasta la población. Esta vez se merecía una expedición rambla abajo, entre farallones y acantilados que anonadaban la vista. Diminutos, casi hormigas, caminaban con los oídos atentos a los sonidos reverberando entre las rocas. La mañana se deslizaba luminosa y el fluir del agua por las acequias se acentuaba a medida que se acercaban al municipio. Así fue esplendorosa y refrescante la entrada: una balsa con su lavadero, unos caños de agua, seis o siete, desembocaban generosos en una fuente donde abrevaban las bestias (caballos y yeguas, mulas y mulos, burros y burras) además de servir de consuelo a ellos para refrescarse.

Andrés se sentía exultante, sus grandes ojos abiertos de par en par retenían todo con avidez. Tanta sencilla belleza de luz, agua, tintineo de la misma, árboles que saludaban con su sombra la llegada de los vecinos y unos habitantes curiosos pero discretos, amables pero contenidos, divertidos pero sensatos, les dejó estupefactos, sin palabras ni pensamiento. Sus cabezas como radares se movían de un lugar a otro dirigida por la emoción de lo que sus sentidos primarios les dictaba: sentir ante todo, impregnarse de esa beatitud emanada por el entorno, quizás una experiencia mística, porque la ascética ya la habían experimentado. Volvieron a sentirse flotando sostenidos por la inmersión en este cerrado espacio natural detenido en el tiempo.

Pronto apareció el amigo y les hizo de guía. Las callejuelas empedradas les dirigían hacia la zona del barrio la mezquita, presidida por el peñón del Moro. Por los aledaños un rebaño de cabras permitía abastecer de leche a los habitantes que acudían entre el frío del amanecer con sus lecheras que llenaban recién ordeñado el rebaño.

Después les condujo hacia el este, allí se encontraba el pequeño y ladeado cementerio. Tumbas en la tierra, algún nicho, pocos mausoleos, quizás ninguno, todo cuidado con atención por los familiares y el ayuntamiento. Más arriba un sendero bien delimitado llevaba a una ermita, pero prefirieron descender de plaza en plaza, hasta la puerta de la iglesia monumental. La visitaron embargados en su aroma de flores bendecidas, entre la penumbra de unas discretas vidrieras que dejaban pasar la luz. Recorrieron con respetuosa curiosidad los diferentes altares y observaron sus imágenes: San Roque, el Nazareno, el Entierro, la Dolorosa.

Antes de su vuelta se detuvieron en el bar de Zamarulo para contemplar la tarde sobre el puente de salida de la localidad. Allí se despidieron del amigo y recorrieron el trayecto de vuelta. Asombrados y embargados en diferentes emociones sin tiempo para digerir. Lo mejor era dejarse llevar y ya pensarían, el tiempo estaba de su parte y el futuro abierto a un mañana de ilusión y cumplimento del deseo. ¡Son tan jóvenes! Podían ser aficionados etnólogos, sociólogos curiosos, siempre dispuestos a recibir, a aprender de los autóctonos. Así fue, llegados al cortijo, se prepararon para disfrutar de la última noche estrellada, imbuidos de diversas sensaciones experimentadas y no pensadas por ahora. Esta vez no hubo lectura, sino miradas brillantes, hipnotizadas y seducidas por las llamas de leños y ramas de olivo ardiendo.

La luminosa mañana acompañó la despedida de estos amigos. Adecentaron los aposentos y borraron todas las huellas de sus pasos por allí. Retomaron el camino por ramblas y barrancos sin detenerse en ninguna población; al caer la tarde se encontraban en Alhama dispuestos a un intenso aseo y regocijados con una cena que la abuela de Lindo, con 80 años, les preparó. Consistía en una tortilla francesa cocinada con aceite caliente que la hacía jugosa y reparadora.

Descansaron arropados por una cálida noche pero a las siete de la mañana estaban en un bar próximo a la parada del autobús tomando una palomita (anís con limón natural exprimido) compartido con lugareños que se dirigían a sus labores cotidianas en el campo.

Exultantes subieron al coche de línea y una hora después llegaron a la capital. Mochilas a la espalda recorrieron rambla arriba hasta el barrio de Los Ángeles, donde Lindo disponía de un apartamento familiar.

La tarde la ocuparon con un recorrido por el paseo hasta el puerto, por el parque y la calle Real hasta la plaza de la Catedral y descansaron en el café Colón, seducidos por la animada concurrencia de transeúntes que subían y bajaban por la acera. Resultaba una verdadera aglomeración de cuerpos, caras, atuendos que reflejaban la vitalidad de la ciudad.

Juntos recordaron la prosa poética de Baudelaire y W. Benjamin sobre el personaje del *voyageur* en París, Poe en Londres con el hombre de la multitud o la avenida Nevsky de San Petersburgo en Gógol, verdaderas obras maestras del relato corto. Tal era la muchedumbre convocada en tan pequeño espacio.

Ellos venían desde la naturaleza serrana a la servidumbre urbana y cotidiana, anhelaban esa aglomeración de personas para completar sus experiencias personales. No les molestaba pasar del silencio al ruido, de la soledad a la multitud, del vacío a lo lleno, de lo pequeño a lo grande y viceversa. Adaptación y aprendizaje sobre todo.

Con la mirada fija en la acera de la calle Granada ascendieron hasta la plaza de toros, levantaron la mirada para apreciar el símbolo del ritual y cabizbajos llegaron al domicilio, donde pudieron dejar la mente en blanco durante un rato antes de proceder con la cena. Como despedida decidieron visitar alguna playa de Almería; escogieron desplazarse a Aguadulce, esta vez acompañados por unas alegres amigas. El caso fue que Andrés, poco acostumbrado a estas playas con arrecifes rocosos, se dedicó a pisar el fondo insensible a las espinas que los erizos aplastados bajo sus pies iban dejando incrustadas en las plantas de los mismos.

Sólo cuando comenzó a incordiar el malestar y el cuerpo a tambalearse por el dolor al caminar, Andrés contó lo ocurrido. Afortunadamente la madre de Lindo le aplicó varias sesiones de crema hidratante y procedió con unas pinzas de depilar a extraer las puntas negras incrustadas y visibles entre la piel. Al terminar el proceso que ocupó toda la tarde, nuestro amigo descansó como un bebé relajado hasta el día siguiente.

Por la mañana Lindo acompañó a Andrés hasta la estación de tren, caminaron adormilados y en silencio mientras recorrían las calles Paco Aquino y Artés de Arcos, para desembocar frente a la portada monumental de la estación; compró el billete y se subió en el vagón. Andrés volvía al hogar, como el turrón por Navidad, con una mochila de experiencias que después serán recuerdos mientras su memoria se lo permita.

Cuando el tren partía, Lindo se despedía enarbolando un pañuelo blanco, sabía que pronto se verían en la capital del reino de Granada. Aquello sólo representaba un descanso en el camino, con el corazón henchido de amistad, cuyo significado definitivo no está escrito.

Nuestro protagonista se despidió envuelto de nuevo en soledad. Esa sensación le era conocida, nos vemos, nos saludamos, compartimos pero volvemos a estar solos, porque desde ese centro renacemos cada día a la apuesta común por todos, desde un corazón unánime latiendo en la plaza. Pasó todo el tiempo que pudo durmiendo o dormitando, reteniendo sensaciones y considerando las contradicciones. También dispuso de tiempo para redactar otro «elogio», en este caso se trataba sobre la nostalgia creativa, embargado por la soledad emocional:

Desdeño la nostalgia lacrimosa, aquella que llama al dolor y al llanto.

Prefiero la que supera el pasado con el sabor de futuro. Una mezcla de goce y alegría allá donde estas se encuentren envueltas por la nostalgia.

La memoria de lo vivido tiene sus aristas: el arrepentimiento, la duda, la decisión definitiva sin vuelta atrás. Pero también los aciertos, los amores esporádicos sinceramente sentidos, los sueños por cumplir, la esperanza de algo mejor para todos y todas. De alguna manera se cumplían, la vida se abría como las flores en primavera.

Alguien más nos acompaña, los versos de Antonio Machado en la saeta, cantada por J. M. Serrat. Una nostalgia válida por la crítica subyacente del pensador que fue el poeta.

Mayor contradicción en primavera, considerada la estación del nacer de la vida y la celebración de la pasión y la muerte, ambas identificadas con Cristo. Cristo crucificado y Cristo del amor. La felicidad es la ausencia del dolor, tenía que escribirlo para que no se olvide. Es tan perverso el dolor que se cuela en el cuerpo como herida y en la conciencia como culpa.

Lindo no sabía aún el destino de los siguientes viajes, que los hubo, pero su narración desborda el marco de este relato.

LA VOZ TOMADA
(A LA MANERA DE ANTONIO RECHE)

Diego Reche

Mi hermano Antonio Reche quiso escribir, a su manera, un libro recordando su vida y la de sus vecinos, que lo acogieron con entusiasmo. Este relato es un recorrido por aquellos textos. Mis palabras han hecho solo de costura a los retales de su vida que él aquí cuenta.

A mí me han pasado muchas cosas. Por eso el día de San Blas de 2016 le dije a mi hermana que me comprara un cuaderno, que iba a empezar a escribir. Y a mi hermano, que también escribe, cuando se lo conté por teléfono, se alegró y me preguntó «y ¿de qué vas a escribir?» «Pues de mi vida», le dije, «¿de qué otra cosa quieres que escriba?»

Y todos los lunes de cuatro a cinco, menos en verano que hace mucho calor, cojo el cuaderno y un bolígrafo y me pongo a escribir de lo que se me ocurre o de lo que llevo pensando durante esa semana. Me dicen que cojo el bolígrafo de una forma muy rara, entre el índice y el corazón, pero así es como me enseñé. También mis hermanos me han dado consejos de cómo puedo escribir mejor, según ellos, pero yo les digo: «a mí me dejáis, que yo escribo a mi manera».

Y más que hablar de mi vida, lo que me gusta es hablar de la gente que conozco y he conocido. No se me olvidan ni las fechas, ni los nombres ni los cumpleaños, porque otra cosa no, pero escuchar y tener memoria para recordar lo que me cuentan sí tengo. Y además, solo pongo cosas buenas.

Mi hermano me ha pedido que cuando escriba hable más de mí, y aunque no tengo mucha costumbre y por no oírlo, esta vez le voy a hacer caso.

Nací el día 6 de agosto del año 1956, en la calle Ros 2, en Vélez Rubio, donde estuvo la fotografía Reche. Era lunes, a las once de la noche. Estaba don Pascual, el médico. Yo pesaba un kilo.

Y es que de pequeño yo estaba siempre malo. Me sentaban en un sillón con cojines, en la galería, para que viera la calle. Mi madre se iba con claveles al Corazón de Jesús que está en el Sagrario.

Cuando mis padres eran novios, mi madre vivía en el Parral, bajaba mi padre a verla y se paseaban desde el Parral hasta la Ermita. El día de la boda la abuela les hizo de comer arroz y pollo. Se vinieron a vivir a esta casa grande, que tenía un cuarto oscuro y una galería donde mi padre hacía las fotos. Mi padre era el fotógrafo Antonio Reche, el Retratista, le decían, y antes de vivir en el pueblo vivió en Corneros y en Madrid. Mi madre se llamaba Ana Artero y antes vivió en El Piar. Tengo una hermana dos años mayor que yo, y un hermano pequeño al que le llevo diez años. Yo soy el de en medio.

De pequeño me acostaban porque me daban mareos y me agarraba a la cama. Algunas veces oía un ruido. Me daban ataques de acetona y me quedaba como muerto. Mi padre a las cinco de la mañana tenía que ir a por el médico.

El médico de la familia ha sido don Pascual. Antes de que hubiera ambulatorio yo iba a su casa a que me hiciera las recetas. Cuando se me *entaponaban* los oídos él me los curaba con una jeringuilla de agua caliente. Una vez -de tantas- que estuve malo me dijo que no comiera plátanos verdes, que me hacían daño. Luego, cuando hubo ambulatorio, me tomaba allí la tensión y me hacía las recetas. Me preguntaba: «Antonio, ¿se ha muerto alguien?» Y yo le decía sí o no. Y se reía. Él era el médico de nuestra casa, el que ayudó a traerme al mundo.

Cuando ya era grande y me veía por la calle se quedaba parado y me decía:

– ¿Eres tú?

– Sí, soy yo.

Porque cuando nací pesé un kilo y le dijo mi madre:

– Ay, para hacer de esto un hombre.

– Anica, a lo mejor no llega.

Yo me alegraba de encontrármelo y que viera que estaba vivo.

Me decía mi madre que de pequeño le parecía a un ángel que llevaba la Purísima. Todo el pueblo le tiene mucha devoción, todas las madres van a contarle sus penas. Antiguamente salían los novios a la carrera del Mercado a echarse novia y luego iban al convento con la novia. En tiempos de epidemia sacaban a la Purísima en procesión y se cortaba la epidemia.

Una vez mi madre me llevó al cortijo de una vecina y por el camino yo iba malo. En el cortijo me mejoré y me puse a echar trigo por un agujero.

Un día cogí un cedazo, lo puse en la escalera de la cámara, me monté en él para bajar rodando, y me tiré por la escalera, pero, por suerte, no me pasó nada.

Otro día en la cámara me puse a jugar con un amigo a los barberos. Sacamos todas las cosas del estuche de peluquería de mi padre y me iba a afeitar. Yo enjabonado y mi amigo ya estaba con la navaja en la mano preparado para quitarme el jabón. Asomó mi hermana y se puso a darnos voces y mi amigo asustado se fue para su casa. Éramos muy pequeños.

Un domingo de carnaval mi madre y yo estábamos en la calle viendo las máscaras y de pronto se acercó la Lina disfrazada con un vestido largo y un pañuelo atado a la cabeza. Me asustó con una gallina que llevaba en la cesta.

– ¡Que te pica, que te pica!

Y me la echaba encima. Entonces me daban mucho miedo las gallinas. Me puse malo y estuve en la cama una semana. Desde entonces las gallinas no me gustan.

Junto a la iglesia de la Virgen del Carmen había un Hospital con monjas de los pobres. Iban de negro, con un rosario colgado en el cordón. Trabajaban en un huerto que tenían por detrás de San José y salían por el pueblo a pedir limosna. A mí esas monjas me daban miedo y echaba por otra calle para no verlas. Cuando venían a mi casa corría hasta la cocina o al cuarto de baño porque no sabía dónde esconderme. Luego quitaron el Hospital de los pobres y se fueron a Huércal Overa. Allí estarán todavía. Algunas veces sueño con ellas. Sueño que me encuentran y me encierran en el Carmen y no puedo salir.

Dicen que soy muy delicado con las comidas, pero no, yo como de todo, claro, de todo lo que me gusta. Una vez, de pequeño, fuimos a Cúllar, al médico don Joaquín, -mi madre ya me había llevado a otros médicos en el Puerto Lumbreras o en Lorca a Nuestra Señora de las Huertas, en el correo-, y me entró hambre. Dice mi madre:

– Hay una tortilla. Y no hay otra cosa.

Pues me comí la tortilla, que nunca antes la quería.

Lo mismo me pasó con la mermelada de albaricoque que hacía mi madre, que cuando la veía no me gustaba la pinta, hasta que un día la probé, y ya siempre desayunaba mermelada con mantequilla, pero esto ya tenía yo más de veinte años. Y lo mismo con la sandía, con el melón y con las gambas. Los yogures, que los probé ya mayor, en Aguadulce, una vez que fuimos a ver a mi hermano, cuando estaba noviando con María. Y ya con sesenta años probé el vino, una Nochebuena en casa de los suegros de mi hermano.

Muchos días hacíamos juegos en la calle. Jugábamos al escondite, al pañuelo, a la comba, al pillapilla. O, por la noche, contábamos cuentos de miedo. En verano se salían los vecinos a las puertas de sus casas con sus sillas y se tiraban hasta las tantas. Y los críos jugábamos sin parar de aquí para allá. Y en la bodega del bar del Pajarito hacíamos teatros. Pasábamos un rato a gusto.

Antiguamente ponían fuentes en algunas calles para coger agua. Y en las Puertas de Granada ya estaba el pilón donde bebían las bestias cuando venían del campo. Las mulas y las burras. Allí estaba también el quiosco donde nos llevaban cuando éramos pequeños a tomarnos algo.

Yo me ponía a jugar a los entierros con los indios en la terraza de mi casa, donde había hasta un gallinero. Teníamos pavos y gallinas. Mi madre mataba siempre un pavo para la Nochebuena. En mitad del pueblo estaban entonces los corrales de las ovejas y los establos de las vacas.

La tarde que se escapó una vaca de Ginés Pérez y se metió en el callejón yo estaba allí y entré en el primer sitio que pillé, que fue la casa de la Encarna, cerré la puerta por dentro, y la Encarna llegó aporreando:

– ¡Abre, abre, que viene la vaca!

– ¡No, no! ¡No abro, que me da miedo!

– Antonio, por Dios, ¡abre la puerta!

– ¡Que no, que no abro!

Y no le abrí.

Una Navidad hizo mi madre mantecados y me di un atracón que me pasé toda la Pascua metido en la cama. Cuando mi madre hacía pan yo entraba a la despensa y me comía la molla que estaba buenísima, y decía ella:

– Ya han estado los ratones por aquí.

La primera escuela que tuve estaba por detrás de la carrera del Mercado. Yo tenía cuatro años y llevaba un babi de color azul y un maletín pequeño. El suelo era de madera. Después me tocaba escuela en la carrera del Carmen, en San José, con don Amador. Y finalmente fui a las escuelas nuevas del Cabecico con don Juan, que me enseñó a leer porque se empeñaba, porque me costaba mucho trabajo aprender a leer. En Historia y Religión sacaba notas muy buenas. En cambio, en Matemáticas sacaba cero. Hacíamos dictados y cuentas, y en el patio de San José hacíamos gimnasia. Y así estuve en la escuela hasta los catorce años.

Los veranos pasábamos tiempo en el cortijo de Corneros, donde vivía mi abuelo paterno y mis chachés. Mi abuelo Antonio era muy amigo de Celedonio porque su cortijo estaba casi al lado del nuestro. Celedonio y mi abuelo se divertían tomándole el pelo a mi hermana cuando era pequeña. Le decían «pedióríco» para que ella saltara: «¡Se dice periódico!» y se partían de la risa. Muchas noches iba a jugar a las cartas con mis tíos y mi abuelo. Y cuando había bailes de parrandas por los cortijos cercanos también se apuntaban. Mi abuelo tenía en Corneros un huerto de flores y un día vi agua en una acequia y lo quise regar. Así que corté el agua y la eché para las flores. De momento vino

Celedonio muy rabioso: «Pero ¿quién me ha cortado el agua?» De eso hace ya mucho tiempo y toda la familia de Celedonio se fue a Barcelona, y allí siguieron su vida.

Mi familia paterna, mi abuelo y mis chachés, cuando ya estaban mayores se vinieron al pueblo, a las Casas baratas. Mi tío le ayudaba a mi padre en la fotografía. Cuando mi abuelo ya estaba malico, antes de morirse, fuimos una tarde a verlo con mis padres y mi hermana. Como estaban todos callados a mí se me ocurrió decirle: «Que Dios te perdone».

Mi abuela materna venía a vernos a Corneros montada en su burra, comía allí y a la tarde se iba al Piar, donde vivía con mi tío José y su mujer, mi tía Antonia. A veces íbamos nosotros andando hasta su cortijo. Mi abuela de joven, cuando venía de trabajar, se iba a los cortijos donde hacían fiestas a bailar o a tocar la guitarra. A veces me decía refranes: «Que deo me cortaré que no me duela», cuando hablaba de los hijos. «A ese hay que hablarle en papel de peseta», por si alguno se ponía serio. «Una mata que no ha echao», cuando invitaba a alguien y no venía. «Año bisiesto, la cosecha en un cesto», y así. Al final, mi tío José se compró la casa del pueblo y se vinieron a vivir a Vélez Rubio. Mi abuela también se vino con ellos y el Parral se quedó solo y ya se ha caído entero.

En mi pueblo son muy importantes las procesiones y las cofradías. De pequeño, en mi casa todos eran porcelanos. Y yo decía que iba a ser porcelano. Cuando se acercaba la Semana Santa mis vecinos me preguntaban:

– ¿Tú qué eres?

– Yo, nano (porcelano)

– ¡No! ¡Nano, no! ¡Nada de nano! ¡Tú, de la Virgen!

Es que casi todos mis vecinos eran de la Virgen y por eso me cambié.

También fui monaguillo. Y acompañaba al cura, cuando había algún entierro, a la casa del difunto. Un día, camino de la sacristía, se me cayeron las vinajeras y no se rompieron; poco después me encontré en un confesionario una bandeja de dulces y me dijo el cura que me los quedara. La señorita Remedios ponía un belén en su casa y llamaba a todos los niños a que lo vieran y a cantar villancicos.

Julio el Avilés y la Encarna se hicieron la foto de novios en mi casa y salieron muy guapos. Los dos de pie, ella con vestido blanco y él con su traje. En la calle Estanco tenían un bar. Allí hablaba con todos los vecinos de entonces y gastaba bromas a todo el que pasaba por la calle. Yo tenía cuatro años y no aprendía a andar. Julio me enseñó. Me decía: «Antonio, sube los brazos p'arriba». Después cambió el bar a la Plaza. Yo llevaba allí las quinielas a ver si nos habían tocado.

En los años sesenta había un Salón Parroquial en los bajos de la iglesia. Allí íbamos a ver la tele los sábados y los domingos, a ver «Reina por un día» y «Bonanza». Entonces casi no había teles en el pueblo. En el Salón Parroquial se hacía teatro, y se celebraban bodas y tocaba la tuna «Clavelitos». Iba mucha gente. Ya no existe, hace muchos años que lo tiraron.

En verano, por las noches, mi madre hacía tortillas francesas y bocadillos, los metía en una cesta y nos íbamos al cine a la Plaza de Toros. Estábamos comiendo tortilla y viendo la película. Otras veces íbamos al cine de Cabrera y siempre estaba lleno cuando ponían películas de Manolo Escobar. Venía gente de todos sitios, se ponía hasta la bandera. Las sillas estaban muy duras y había que llevarse un cojín. El resto del año íbamos al salón Variedades. Allí vi por primera vez la película de «Ben-Hur» con mis padres y con mi hermana. Cuando mi hermano tenía cinco años lo llevé a ver «El Cid Campeador», con Charlton Heston y Sofia Loren. También he visto allí a Paco Martínez Soria en «La Ciudad no es para mí», «Que vienen los rusos», «Espartaco», con Kirk Douglas, «Tarzán» de Johnny Weismüller, «Los tres mosqueteros». Películas de Rocío Dúrcal y de Marisol, «El zorro» y muchas del oeste. De Antonio Molina la de «Yo soy minero». Mi padre me decía que me sentara en la fila diecisiete para que no me cayeran las cáscaras de pipas desde el gallinero. El suelo era de madera y sonaba muy fuerte cuando dábamos patadas porque venían los buenos. A mí las que más me gustaban eran las de romanos, porque me gusta la historia antigua.

En Navidad las cuadrillas de Ánimas iban por las calles pidiendo el aguilando de casa en casa. Y en los campos se hacían bailes y se estaba toda la noche bailando, o se hacían migas y la gente bailaba parrandas. Yo empecé a bailar y me salieron en la espalda unas manchas y me dijo el médico que no bailara y ya no bailo. De todo eso han quedado los encuentros de cuadrillas. La primera vez fue en la plaza, ponían sillas y un escenario y se llenaba completamente. Ahora lo hacen en diciembre en el cine y vienen hasta los de Málaga con sus verdiales. Rifan un pavo. Yo me sé muchas coplas y a veces se las digo a mis sobrinos y nos reímos un rato.

De pequeño fui muchas veces a Madrid a los médicos y monté en tren por primera vez desde Murcia. En Madrid íbamos al Retiro y al cine. Allí vi «La muerte de César». En Alicante teníamos un piso cerca de mis primos. Íbamos en los veranos. Allí vi por primera vez el mar.

Una mañana mi padre y yo nos levantamos de la cama y nos fuimos a la calle. Teníamos que ir a Almería a arreglar unos papeles míos, cuando dice mi padre:

– ¿Qué hora es?

– Las cuatro de la mañana.

– Pues vamos a andar por las calles.

Estuvimos andando hasta las cinco de la mañana que venía el Alsina de María para no volver a la casa y despertarlos.

El invierno

Aquí en Vélez Rubio es muy largo. Me acuerdo cuando era joven y hacía mucho frío. Mi madre nos ponía las bolsas de agua caliente en la cama y decía: «No pongáis los pies en las bolsas, que queman». A mí me salían sabañones en las manos y las metía en agua caliente para encontrar mejoría. En la calle se veía la nieve y los chuzos de hielo. No caía el agua por los grifos porque se helaban las tuberías. Mi padre avisaba al maestro fontanero. El brasero calentaba la habitación y la cocina de leña toda la casa. Un sábado abro la puerta de la terraza y estaba llena de nieve. No había luz muchos ratos. Poníamos en las camas mantas y sábanas de franela. Para salir a la calle bufandas y guantes. Estaba deseando que se acabara el invierno.

Mi padre murió en 1984. Unos años después, en 1989, murieron mis tíos, Dios los tenga en su Gloria, y cerramos la fotografía. Mi madre y yo nos quedamos en el pueblo, mi hermana en Granada y mi hermano se fue a Aguadulce y se casó.

En el pueblo siempre tenía cosas que hacer. Cuando fallecía alguna persona yo iba a la casa del difunto a por las medicinas o me las traían a mi casa y yo las *enmestaba*. Las medicinas que eran viejas las tiraba y las buenas las llevaba a las monjas. Me decían en las casas: «¿Por qué no vienes más tarde que no las he preparado?» Y yo iba cuando pasaban dos o tres días.

Cuando mis tíos, Pedro y Josefina, llevaban el bar del club de pensionistas, mi madre y yo les ayudábamos cada vez que llegaba un autocar de Almería. A los que venían les gustaba mucho el arroz con pollo y nos hacían palmas. Yo les traía tabaco del estanco. Algunos días ponían tortas fritas y bailaban parrandas, otras veces gobernaban viajes. Mi primo Pedro fue músico, iba en la banda y yo me ponía a su lado. En el Carnaval salía con las comparsas, íbamos a los bares. Trabajó también en el bar de la gasolinera y hacía un café muy bueno.

Mi madre hacía unas tartas buenísimas para san Antonio, le decían las vecinas: «Mejor que en la confitería». Hacía roscos fritos, roscos de anís, almendras garrapiñadas y tortas de naranja muy buenas. En el Carnaval hacía tortas fritas. Todos los viernes limpiábamos la casa, empezábamos en la galería y nos tirábamos para abajo. Mi madre barría y fregaba con la fregona, y yo quitaba el polvo. Se quedaba muy limpia.

Con la madre Dolores, claretiana, de lunes a viernes nos dedicábamos por las tardes a ver enfermos por las casas y a rezar el rosario. Los días que hacía viento o llovía no salíamos porque mi madre no me dejaba. La madre Dolores me decía:

– Eres un cagón.

Y la madre superiora:

– Un día me la vas a traer muerta.

Pero ella me decía:

– Tú no le hagas caso y ven a las cuatro.

Y yo iba. La madre Marta la buscaba en el huerto:

– ¡Que está aquí el Antonio!

Íbamos a las Cantarerías y a todos lados. Cuando rezaban el rosario en alguna casa, yo me quedaba durmiendo en el sillón. Un día había llovido, había charcos y veníamos por la carretera. Un coche pasó por el charco y la mojó entera. Otro día se me cayó en la calle y yo no podía levantarla. Pasó la Rosario y se lo dije y ella se lo dijo a la Ana Josefa y entre las dos la levantaron.

Un viernes de cuaresma me dijo que se la llevaban a Granada, a la residencia de las claretianas. Yo fui a verla dos o tres veces. Ya ni me conocía al final. Se murió con noventa y tres años.

La primavera

Ya amanece la primavera por el Maimón. Los almendros floridos, los pensamientos morados, los balcones y las puertas abiertas. Las macetas echan olor a primavera. La plaza de la Encarnación prepara la Semana Santa con su olor a azahar. Los días más largos y las noches más cortas. Yo disfruto con la primavera, me entran ganas de vivir, me pongo más contento.

Y así fueron pasando los años. Y al final, aunque yo no quería, me tuve que ir a Granada a la casa de mi hermana, con mi madre, que ya era mayor y se le olvidaban las cosas. Me costó mucho dejar mi pueblo. Mi madre se fue apagando y cuando murió me pilló de médicos porque cada dos por tres me pasaba algo.

El día 20 de enero del año 2011 me dio un dolor de la vesícula. Mi hermana me llevó al Clínico y estuve cinco o seis días con el suero sin comer nada. Otro día me duché y se me salió un tubo que llevaba en la muñeca, vino la enfermera y me lo puso. Me hizo mucho daño, después me trajo una pomada. Me operé de la vesícula el 16 de junio en el Clínico. Estuve una semana y me fui a mi casa. Otro día saliendo de la Virgen de las Angustias, en el paseo del Salón, pisé un papel mojado y me caí. Al otro día tenía la mano hinchada como una bota y fuimos al Clínico y me enyesaron el brazo. El día 22 de mayo del año 2012 por la noche choqué con una granada de hierro, de esas que ponen en las calles, y me rompí la cadera. Otra vez al Clínico. Por la mañana me operaron y me pusieron un clavo. Estuve varios días en el hospital y un mes a la pata coja. Otro día, el 4 de diciembre, me operé de la vista porque no veía y ahora veo más que antes.

Cuando estaba en Granada llamaba a mi prima María y a la prima Josefina y me contaban cosas del pueblo. También llamaba a mi hermano, que me hablaba de cosas de su familia. A sus hijos los quiero mucho y ellos a mí. Siempre los llamo en el día de sus cumpleaños y en el de su santo. Y me sé muchos dichos: San Silvestre, llévate el año y vete; San Julián de buena estrella, que echa las pascuas fuera y los niños a la escuela; por San Blas, la cigüeña verás; noviembre dichoso mes, que empieza en los Santos y acaba en San Andrés... Y así.

Algunas temporadas me iba con mi hermano a su casa de Aguadulce. Una mañana salí a andar y pasé por un puesto de macetas y vi una que tenía unas hojas muy bonitas. La compré y me la llevé a casa de mi hermano y cuando vino María se la enseñé.

– Me ha dicho el hombre que no necesita agua.

– Cómo va a necesitar agua. Si es de plástico.

Allí está, en la habitación, encima de una mesa.

Otro día iba por las calles, vi un escaparate y me creí que era una librería. Entré y le dije a la mujer que esas revistas eran viejas, y dice la mujer:

– Señor, se ha confundido, esto es una peluquería. Si quiere le corto el pelo.

Y yo le dije:

– Bueno, pues ya que estoy aquí...

Y me cortó el pelo.

En verano volvíamos al pueblo mi hermana y yo. También iba mi hermano, que se quedaba en el cortijo con su familia. Por las mañanas me daba una vuelta, compraba el pan y hacía los *mandaos*. A mis sobrinos les compraba Sunny y cañas de chocolate. Luego veía la tele, Canal Sur y películas de pistoleros, que las he visto todas.

Llegaba agosto y alguna tarde me decía mi hermano: «Vente conmigo al Chirivel que vamos a ver a Julio Alfredo». Nos sentábamos en la placeta donde está el Ayuntamiento. Allí hay un bar y los niños se ponían a jugar y a correr. Nosotros nos tomábamos unas tapillas, mientras que mi hermano y Julio platicaban de poesías y de poetas. Cuando se ponía el sol nos despedíamos y volvíamos al pueblo. Un domingo por la tarde que estábamos con Julio Alfredo me dice mi hermano:

– Antonio, échanos una foto.

– Diego, que yo no sé echar fotos, que nunca he echado.

Pero se empeñó y por no oírlo les eché una foto y salieron sin cabeza. Cuando Julio Alfredo y mi hermano hablaban de poesías yo miraba para todos sitios porque de esas cosas no entiendo. Pero no me aburría y a veces les preguntaba algo. Este verano, cuando salió la rambla, fue la última vez que fuimos a hacerle una visita al Chirivel. Su puerta estaba cerrada y nos tuvimos que ir sin verlo.

El día de mi cumpleaños, el 6 de agosto, siempre me gusta invitar a mi familia a un restaurante. Yo siempre le digo al camarero que si tiene chuleticas de cordero y, en el postre, tarta al whisky.

Otoño

La caída de las hojas. Los días más cortos y las noches más largas. La recogida de la almendra. Cojo mi martillo y la voy partiendo en una madera de un tronco. Me gustan las nueces, las castañas asadas, los higos secos; las mujeres hacen la conserva de pimientos y tomates. Con el frío, luego, en los Santos, llevan las flores a los difuntos. Se hace el jabón y se matan los chinos. Ya no es lo que era. Ya no llueve ni hace frío como otras veces. ¡Los nevazos que caían!

A mí me han pasado muchas cosas.

Una mañana estaba en mi piso, en Granada, y me llama por teléfono mi vecina del pueblo, la Encarna, para decirme:

–Antonio, que te has muerto.

–No me he muerto, que estoy vivo.

Y en aquella Semana Santa, cuando fui al pueblo, un día en la tienda de la Juana la oí a ella y a la Lucía echándome lástimas:

–¡Qué lástima del Antonio, que se ha muerto!

Y cuando me vieron entrar se pusieron tan contentas. Al día siguiente, en la plaza de abajo me encontré con Emilio Flores y se asustó:

–¿Pues tú no estabas muerto?

–Pues no.

Y es que me confundieron con otro que se llamaba igual, y su madre lo mismo que la mía, y se creían que era yo.

Y nada más. Gracias por escucharme y como decía mi madre «que Dios os lo pague».

TODO EMPEZÓ UNA MAÑANA DE PRIMAVERA

MÓNICA SÁNCHEZ

Todo empezó una mañana de primavera. Una mañana de primavera extrañamente fría para la estación. Y más aún para la estación de Almería. Una mañana de primavera extrañamente fría que sucedía a un invierno extrañamente cálido. Daba la sensación de que los meteoros se estaban volviendo un poco locos aquel año... O más bien, desde hacía unos años... Posiblemente, aquello se debiera al cambio climático provocado, a juicio de los expertos, por nuestro uso descontrolado de los recursos naturales. O a lo mejor se debía a los ciclos de los que solía hablar mi padre. Aquellos ciclos que, según él, consistían en que a un número concreto de años de sequía le siguiera el mismo número de años lluviosos. Aunque, inteligente como era, estoy segura de que si hubiera vivido en la última década estaría de acuerdo con la ciencia en que esta climatología trastornada que nos acompaña últimamente nos la hemos buscado nosotros por creernos los amos y señores de la naturaleza...

Volviendo al principio, todo empezó una mañana de primavera que parecía una mañana de invierno. Y si estimo que el clima es un elemento destacable en los hechos que voy a narrar es porque me vi obligada a salir de casa en una mañana en la que lo más aconsejable era no hacerlo. Pero el trabajo, esa circunstancia de la vida de casi todos que nos permite ganarnos el pan -y, en algunos casos, escasos pero reseñables, algo más que el pan-, impone habitualmente ingratas obligaciones. Y una de las menos agradables es pisar las calles aunque llueva, truene, haga un frío que pela o el viento te arruine la melena recién peinada.

En mi caso, aquella mañana me había propuesto terminar de corregir el borrador de mi última novela. Me lo había propuesto yo, y también me lo había propuesto mi editor. Aunque, en su caso, añadiendo a la «propuesta» que el documento de Word debía llegar a su correo electrónico en el plazo exacto de una semana. Ni un día más. El ultimátum no daba pie a posibilidad alguna de retrasar la entrega. Y en ese menester tenía pensado centrar todos mis esfuerzos ese día. Sin embargo, el azar quiso que, al intentar imprimir una nueva copia del texto -la anterior la había repasado con un bolígrafo rojo en tantas ocasiones que ya no entendía ni mis propias anotaciones-, la impresora no diera señales de vida. Mi madre, en aquella tesitura, hubiera dicho algo así como: «qué mala sombra, hija, que ese aparato se rompa justo ahora, cuando más lo necesitas». Y yo estaba de acuerdo.

Así que, a pesar de que el tiempo no invitaba a abandonar el calor del hogar, decidí hacer frente a la «mala sombra», copié la novela en un «pendrive», ese pequeño dispositivo tan práctico que parece mentira que hayamos podido vivir sin él hasta hace pocos años, y encaminé mis pasos, paraguas en ristre, hacia un establecimiento muy cercano a mi casa que ofrece servicios de impresión.

El que parecía ser el propietario del negocio me informó de que el documento, por su volumen, iba a tardar en estar listo, y me invitó a realizar los recados que precisara mientras tanto. Miré con aprensión hacia el exterior. Las gotas de lluvia se estampaban violentamente contra el escaparate empujadas por el viento. Aun así, debía aceptar la sugerencia: no tenía excusa para quedarme allí. Pero, cuando me dirigí hacia el paragüero para recuperar mi paraguas, la hallé, al descubrir en un rincón del establecimiento varias estanterías repletas de libros usados. Como escritora de profesión y por vocación, y como voraz lectora desde que tengo recuerdos, no puedo evitar acercarme a cuanta librería me sale al paso a ojear su contenido. Y también a hojear los títulos que despiertan mi curiosidad. Así lo hice también en aquella ocasión, no sin antes preguntar si estaban en venta.

– Son para hacer intercambios -me explicó el dueño de la copistería-. Los clientes traen uno o dos, o los que quieran, y se llevan el mismo número.

– Pero, ¿sin pagar nada? -pregunté, extrañada.

– Sí, sin pagar nada.

– Qué bonita idea -opiné, admirada-. Un espacio para intercambiar libros... Voy a echar un vistazo mientras se imprime el documento, si no le importa.

– Claro, para eso están. Hoy, además, si lo desea, se puede llevar el que más le interese sin dejar otro, porque me han traído cinco cajas y ni siquiera me caben en las baldas.

– ¿De verdad? Se lo agradezco mucho, me encantan los libros...

– Me lo imaginaba por lo que está imprimiendo... Es usted escritora, ¿verdad?

– Sí, lo soy -le respondí, mientras mis ojos se fijaban en un bonito ejemplar de *Arsène Lupin, caballero ladrón*, la primera novela de Maurice Leblanc protagonizada por el talentoso y mundialmente conocido Arsène Lupin.

El libro destacaba sobre los que lo rodeaban por su bella encuadernación, en tapa dura y en un material parecido a la piel teñido de color azul. El título de la obra y los nombres del autor y de la editorial aparecían estampados en letras doradas en las tapas y el lomo. En cuanto a las páginas, estaban salpicadas aquí y allá por hermosas ilustraciones. Se trataba de una edición muy cuidada de una obra de un gran escritor. Y, además, a pesar de ser de segunda mano, su aspecto era impecable. Hubiera pagado por ella, y así se lo manifesté a aquel joven tan agradable y que tan bien me estaba atendiendo. Pero él insistió en que me lo llevara sin coste alguno, lo que le agradecí sinceramente.

Entre tanto, mi borrador terminó de imprimirse. Después de pagar por el servicio, volví a dejarme azotar por el viento y la lluvia durante el corto trayecto que debía recorrer hasta la seguridad de mi hogar. Y, nada más llegar, y a pesar de que mi objetivo para ese día era darle un nuevo repaso a mi novela, no pude evitar la tentación de manosear aquella otra que acababa de regalarme un completo desconocido.

Al observarla con detenimiento, comprobé que su antiguo propietario la personalizó con un *ex libris* circular que contenía un sol, que recordaba al de Portocarrero, y un nombre en su interior: Ventura Amo del Castillo. La tinta azul del sello denotaba que habían pasado bastantes años desde que una mano cuidadosa lo estampara en la esquina inferior derecha de la quinta página. La curiosidad me llevó a buscar más información sobre aquel inesperado obsequio llegado a mis manos por casualidad. Y descubrí que lo más sorprendente no estaba en el principio, que suele ser donde los aficionados a los libros les ponemos nuestra impronta personal para dejar claro a quien los toque que son propiedad privada. En aquella obra de Maurice Léblanc, de una edición de finales de los años 40 del siglo XX, alguien dejó su rastro no sólo en la quinta página, sino también bajo la guarda de la tapa trasera, en donde un ligero abultamiento dejaba adivinar que se ocultaba algo. Algo que, probablemente, escondía un secreto...

Mi imaginación, que no necesita demasiado para volar, alcanzó su clímax ante aquel hallazgo. Y tardé décimas de segundo en localizar un pequeño resquicio que me permitió introducir la cuchilla de un cúter. El mismo pequeño resquicio que, probablemente, dejó preparado quien utilizó aquella novela como escondite por si en algún momento necesitaba recuperar lo que fuera que depositó allí. ¿Habría sido aquel Ventura Amo del Castillo del *ex libris*? ¿O tal vez otra persona?

Como no era mi deseo estropear el libro, me manejé con cuidado hasta que logré despegar la guarda lo suficiente como para extraer una cuartilla de papel, amarilleada por el paso del tiempo y doblada por la mitad. Se trataba de una carta escrita a mano, fechada el 15 de junio de 1973, y que contenía unas encendidas palabras de amor que un tal Dante dirigía a una tal Beatriz. El firmante le aseguraba a la destinataria de la misiva que la añoraba infinitamente desde que se separaran tras las pasadas vacaciones de Semana Santa, y le anunciaba que llegaría pronto a Almería, a finales de junio. Para finalizar, le prometía que pasarían juntos todas las tardes del verano.

Confieso que el contenido del manuscrito me decepcionó, a excepción del detalle de los nombres de sus protagonistas, que se hacían llamar Dante y Beatriz, como el poeta y la musa de sus creaciones. Porque no podían ser sus nombres reales... ¿O sí? Lo cierto es que la carta me dejó indiferente inicialmente. Hasta que caí en la cuenta de que si alguien se tomó tantas molestias para ocultar simples soflamas de amor se debería, probablemente, a que lo que tenía entre mis manos no eran simples soflamas de amor. Aquello, posiblemente, significaba algo más que en ese momento no acertaba a comprender.

Mi fantasía de escritora intuyó que el libro y la carta podían ser el germen de una nueva novela. Tal vez la siguiente a la que me estaba esperando para que le hiciera los últimos retoques...

El resto del día y los dos siguientes los dediqué a mi trabajo de corrección, intentando que no me distrajeran las ideas que se agolpaban en mi imaginación sobre el ejemplar de *Arsène Lupin, caballero ladrón* y la cuartilla escondida en su interior.

Cuando finalicé el que, a mi juicio, iba a ser el penúltimo repaso, copié de nuevo el documento en el «pendrive» y me encaminé hacia la copistería para imprimirlo. El incidente de mi impresora carecía ya de importancia para mí. Por el contrario, ardía en deseos de volver a aquel establecimiento en el que se amontonaban docenas de libros usados, y que no funcionara era el pretexto perfecto para hacerlo.

El propietario me recordaba y, nada más verme, me invitó a echar un vistazo a las librerías mientras se imprimía la novela.

– Pero, ¿son los mismos libros del otro día? -inquirí, expectante.

– No, no son los mismos, hay muchos nuevos. Bueno, no son nuevos, ya sabe... Quiero decir que son nuevos para usted, porque los acabo de colocar en las baldas -me informó.

– Estupendo... Pero hoy no vengo con las manos vacías. He traído tres de mis novelas para agradecerle su generosidad con el libro de Maurice Leblanc -le anuncié.

Tras un «no hacía falta que trajera nada, ya le dije que tengo material de sobra», por su parte, y un «sí, sí hacía falta, e insisto en que se las quede», por la mía, deposité mis libros sobre el mostrador y me dispuse a curiosear en aquellas estanterías que, efectivamente, estaban a reventar de literatura.

No tardé demasiado en encontrar algo que llamó mi atención. Parecía de la misma colección que el libro anterior: encuadernado en tapa dura forrada de piel artificial de color azul y con letras doradas impresas. En esta ocasión, se trataba de *El sueño eterno*, la obra con la que Raymond Chandler presentó al mundo a su Philip Marlowe. De nuevo, una historia policiaca. De nuevo, la primera aparición de un personaje que con el transcurrir del tiempo llegó a ser universal. Estaba segura de que iba a encontrar algo en su interior. Y no me equivoqué. Ante mis ojos apareció el mismo *ex libris* en la página cinco. Y el mismo ligero abultamiento bajo la guarda de la tapa trasera.

Rastreé con avidez el resto de las baldas con un clarísimo objetivo: localizar libros encuadernados en un material similar a la piel de color azul. Como no hallé ninguno más, pregunté al joven que atendía la copistería por el origen de aquellos ejemplares.

– Eran propiedad de un gran amante de la literatura, que pidió a su esposa que, tras su fallecimiento, donara sus libros para que llegaran a las manos de otros apasionados de la literatura. Ella ha cumplido su voluntad trayéndolos aquí -me aclaró.

– Interesante... Pero extraño también, ¿no le parece? -aprecié.

– Sé lo que está pensando y no se atreve a decir...

– Vaya, lo siento... Yo no quería... -balbuceé, azorada por ser tan transparente.

– No se preocupe, que no me ofende... Se está preguntando por qué, si el marido quería donar los libros, los deja en una humilde copistería de barrio, y no en una biblioteca -adivinó.

– Pues la verdad es que sí, me parece llamativo. Y no quiero decir con esto que su negocio tenga poca... -me interrumpí.

– Categoría para una donación así, puede decirlo, si yo coincido con usted en que es raro... Pero la explicación es tan sencilla que, si está pensando que todo esto puede servirle para escribir una novela, se va a sentir defraudada -dijo, sonriendo.

– Vaya, es usted muy sagaz, debo confesar que sí se me está despertando la curiosidad…

– Pues me parece que no hay nada novelesco en todo esto. La donante ha traído sus libros aquí porque es una vieja conocida de un tío mío que, me avergüenza un poco decirlo, no pierde ocasión de contar a diestro y siniestro que su sobrino ha creado un espacio de intercambio de libros único en Almería. Pero no se lo crea, ¿eh?, que estoy seguro de que esta idea no es tan excepcional -me advirtió.

– Es normal que su familia se sienta orgullosa de su iniciativa, es muy hermosa. Y no estoy tan segura de que haya muchas más... -le respondí con sinceridad.

Cuando mi borrador se imprimió, regresé a casa para terminar de corregirlo y, un par de días después, hice feliz a mi editor enviándole la que poco después sería mi séptima novela.

Con respecto a *El sueño eterno*, bajo la guarda trasera escondía, tal y como sospeché nada más verlo, otra cuartilla de papel amarilleada por el paso del tiempo y doblada por la mitad. En esta ocasión, la autora era una tal Beatriz, que supuse que sería la destinataria de la carta del libro de Maurice Leblanc. La misiva, fechada el 28 de agosto de 1973, estaba dirigida a alguien a quien la firmante se refería como «mi querida amiga», y sus palabras dejaban traslucir la profunda decepción que sentía por lo que ella denominaba «la enorme cobardía de ese hombre sin sentimientos, que lo único que ha hecho desde que nos conocimos ha sido jugar con los míos».

Liberada de la entrega de mi último original, me disponía a disfrutar de unas semanas de descanso antes de enfrascarme en la preparación del siguiente. Pero como mi imaginación no cesa nunca de fabular, presentía que en aquellos libros y en las cuartillas ocultas en sus tapas traseras se escondía una buena historia que podía inspirarme para idear una propia. Y también sospechaba que había más libros con cuartillas ocultas. Así que volví a la copistería una semana después de mi visita anterior. En esta ocasión, la excusa fue imprimir unos documentos que debía presentar en la notaría. Un pretexto barato en estos tiempos de administración electrónica y eliminación del papel en los organismos públicos... Pero de alguna forma tenía que justificar mi entrada en aquel improvisado templo de la literatura...

Como en las ocasiones precedentes, mi mirada recorrió con ansiedad las baldas. Aquel día, el premio fue doble. Ante mis ojos aparecieron dos libros de la misma colección que los de Maurice Leblanc y Raymond Chandler. Se trataba de *Pietr el letón*, de Georges Simenon, y *Narraciones extraordinarias*, de Edgar Allan Poe. De nuevo, obras en las que los autores presentaban a detectives de ficción que llegaron a ser mundialmente conocidos con el paso del tiempo. Jules Maigret en el primer caso, y Auguste Dupin, el protagonista del relato *Los crímenes de la calle Morgue*, en el segundo.

Antes de sacarlos de la estantería sobre la que descansaban ya sabía que en el interior de la tapa trasera tendrían un ligero abultamiento. Y lo confirmé al abrirlos en casa. Dos nuevas cuartillas amarilleadas y dobladas por la mitad. Una de ellas la firmaba Beatriz. La fecha, el 28 de junio de 1973. Y sus palabras mostraban sin tapujos el deseo que la arrebataba ante la posibilidad de pasar todas las tardes del verano junto a Dante, del que se despedía dedicándole ardientes promesas de amor. La rúbrica de la segunda, datada el 20 de agosto de 1973, pertenecía a alguien que atendía por Arturo. Y que le ofrecía todo su apoyo a un tal Julio «en los difíciles momentos» por los que, al parecer, estaba pasando. También le aconsejaba no dejarse embargar por la tristeza, y le recordaba que era muy joven y que ella acabaría siendo sólo un recuerdo de juventud.

Coloqué las cartas sobre mi escritorio por orden cronológico. Las cuatro fueron escritas en el verano de 1973, con escasas semanas de diferencia. La primera, del 15 de junio, era de un Dante exultante ante la posibilidad de pasar todas las vacaciones junto a la chica de sus sueños. La segunda, del 28 de junio, era de Beatriz, que respondía a las demostraciones de amor de Dante en los mismos términos. La tercera, del 20 de agosto, era de Arturo, un nuevo personaje. Y estaba dirigida a un tal Julio quien, al parecer, se encontraba muy abatido por un desengaño amoroso. Y la cuarta, del 28 de agosto, la firmaba Beatriz, que confesaba a una amiga sin nombre estar devastada por el desamor.

Con las cuartillas que un día debieron ser blancas ante mis ojos empecé a tener claros algunos conceptos. Por una parte, me encontraba, sin duda, ante algo que podría tomar forma de novela. Cartas escondidas en libros, todos de la misma colección y de la misma temática, e incluso con una característica común, la presentación al mundo de personajes universales... Todo eso, unido, daba para empezar a crear una historia que podría llevarme por diversos senderos literarios. Por otra parte, tenía ante mí un misterio a resolver. Porque era evidente que aquellos personajes eran o fueron reales y algo les sucedió en el verano de 1973 y en Almería. Beatriz y Dante, o quienes se hacían llamar así, eran dos jóvenes enamorados en junio. Y a finales de agosto, sin embargo, ambos sufrían por amor. O, más bien, por la falta de él... En este caso, no era tanto mi espíritu de creadora de historias quien se sentía atrapado, sino mi simple curiosidad. ¿Quiénes eran en realidad Beatriz, Dante, Arturo, Julio y la amiga sin nombre? Y, ¿cuántos libros más escondían cartas? Y, ¿todas las cartas escritas por aquellas personas en el verano de 1973 estaban ocultas en libros? Demasiadas incógnitas para un espíritu inquieto como el mío... Debía empezar a investigar...

A la mañana siguiente, regresé a la copistería, en donde intuía que podría encontrar, además de otros libros de la misma colección, algunas respuestas. El propietario accedió gustoso a ayudarme en cuanto le planteé mi intención de escribir una nueva novela basada en los libros y las cartas. Y lo primero que hizo fue informarme de que tenía dos cajas más de la misma donante, aún sin abrir porque todas las estanterías estaban ocupadas. Tras revisar juntos su contenido nos topamos con *El signo de los cuatro*, de Arthur Conan Doyle, y *El misterioso caso Styles* y *Muerte en la vicaría*, de Agatha Christie. En el primero, Conan Doyle presentó al mundo al universal Sherlock Holmes. En los otros dos, Agatha Christie hizo lo propio con los no menos universales Hercule Poirot y Jane Marple. De nuevo, dos grandes escritores de novela policiaca y la primera aparición de tres personajes mundialmente conocidos.

Una vez más, me ofrecí a pagar por los libros y, una vez más, recibí un «no» por respuesta. Por el contrario, no sólo me los regaló, sino que me ofreció su ayuda para conocer más detalles acerca de los propietarios de aquella singular biblioteca.

Con mis nuevos ejemplares entre las manos y la promesa de que en breve tendría información para completar mi investigación, volví a casa dispuesta a leer las cuartillas que se adivinaban ocultas en las tapas traseras.

Una de ellas, escrita el 20 de julio, la firmaba Dante, que decía estar desesperado al no tener noticias de Beatriz. «¿Dónde estás? ¿Por qué no respondes a mis llamadas? ¿Por qué nunca encuentro a nadie en tu casa? Ya sé que no llegué a Almería a finales de junio, como te prometí. Pero estoy aquí desde el día 5 de este mes y no sé dónde encontrarte... Por favor, llámame, o escríbeme... O ponte en contacto conmigo como puedas... Ya no sé qué pensar... Si estás enfadada, si estás triste, si estás enferma... O si... No quiero ni pensarlo... Por favor, Beatriz, respóndeme...».

Otra cuartilla estaba fechada el 3 de julio. La autora, Beatriz, informaba a Dante de su pesadumbre porque aún no hubiera llegado, ya que no iban a poder verse por el momento. «Mañana salgo para la casa que tenemos en San José. Todas mis súplicas para quedarme en

Almería han sido estériles. Mi abuela, que vive allí, ha enfermado repentinamente y mis padres quieren que todos pasemos el verano junto a ella. Por lo que pueda pasar, dice mi madre, que se teme lo peor. Por favor, si puedes, ven a verme, aunque sólo sea por unas horas», rogaba Beatriz antes de despedirse.

En la última, del 15 de septiembre, era Julio quien agradecía a Arturo su colaboración para que la operación se hubiera realizado con tanta celeridad. «Voy a seguir tu consejo y a no preocuparme más. Como bien me dijiste en nuestra última conversación telefónica, he tomado la decisión correcta. Con esta venta, me aseguro los ingresos suficientes como para vivir con desahogo en Madrid durante bastantes años. Además, este curso terminaré la carrera y seguro que aquí tengo más oportunidades laborales que en Almería. Al fin y al cabo, no soy de ahí. Lo único que tenía en esa ciudad era una herencia familiar. Y una ilusión por una chica que espero que, en poco tiempo, sea sólo un recuerdo lejano».

Debo reconocer que estaba desconcertada. Coloqué toda aquella correspondencia ordenada sobre mi escritorio. La primera carta era del 15 de junio, y en ella Dante le prometía a Beatriz un verano juntos. En la segunda, del 28 de junio, Beatriz correspondía a las enardecidas palabras de Dante. En la tercera, del 3 de julio, Beatriz informaba a Dante de que no iba a estar en Almería cuando él llegara. En la cuarta, del 20 de julio, Dante la buscaba desesperado porque no tenía noticias de ella desde que llegó quince días antes. En la quinta, del 20 de agosto, un tal Arturo consolaba a un tal Julio, abatido por un desengaño amoroso. En la sexta, la firmante era de nuevo Beatriz, que lloraba su desamor a una amiga sin nombre. Y en la séptima y última, del 15 de septiembre, aparecían de nuevo en escena Arturo y Julio, y se entreveía, además de la desilusión del segundo, lo que parecía un provechoso acuerdo comercial.

Vistas así, sobre mi mesa de trabajo, colocadas por orden cronológico, me parecían un bonito rompecabezas. Desvié la vista hacia los libros azules. Los había apilado de acuerdo a las fechas de las cartas que ocultaban en su interior. Y mientras contemplaba los papeles amarillentos y las novelas, que ocupaban mi escritorio casi por completo, vislumbré la solución de aquel singular acertijo.

Busqué mi cuaderno y empecé a anotar. Al verlo plasmado sobre el papel, mi presentimiento comenzó a adquirir consistencia. Estaba sobre la pista de aquel galimatías. Pero necesitaba ayuda para comprenderlo. Y llegó de forma inesperada cuando el timbre del teléfono interrumpió mis cábalas. Quien estaba al otro lado de la línea dijo llamarse Felipe, y se presentó como el tío de Tino, el dueño de la copistería. Tras las cortesías de rigor, me explicó que era conocedor, por su sobrino, de mi interés por los donantes de los libros que desde hacía unos días formaban parte de mi biblioteca.

– Conozco muy bien a Laura, la mujer que ha realizado la donación -me aseguró-. En realidad, a quien mejor conocía era a Ventura, su esposo, porque uno de mis hermanos y él fueron juntos al colegio. Cuando yo era niño, ellos eran veinteañeros y su presencia en nuestra casa era habitual. A ella empecé a tratarla cuando nos la presentó como su novia. Para entonces, el veinteañero era yo. En el funeral de Ventura, Laura me comentó que él le pidió que donara su biblioteca. A mí me pareció que a Tino le iba a venir muy bien para su negocio, se lo sugerí a ella y aceptó enseguida. Y ha sido una idea acertada, porque el intercambio de libros está atrayendo a bastantes clientes nuevos a la copistería.

– ¿Y le ha mencionado su sobrino lo que he descubierto en los que me ha regalado? -le pregunté.

– Sí, algo me ha comentado. Pero no estoy de acuerdo con usted en que esos libros sean un obsequio. Por lo que me ha dicho, han sido un cambio, porque usted le ha llevado varias novelas suyas...

– Sí, bueno, eso es cierto, pero no puede usted comparar el valor de mis obras con el de estos libros... Son joyas...

– Ventura era muy exquisito para todo... Y le encantaba la literatura... Pero sus creaciones, por lo que sé, tienen mucho éxito... Tino le está muy agradecido... Ya ve que todo es relativo...

– Sí, claro, todo depende del cristal con que se mire...

– Me gustaría, si no es mucho atrevimiento, tomar un café con usted y ayudarla en esa investigación que está haciendo. ¿Qué le parece? -propuso.

Mientras hablamos por teléfono, aquel extraño me inspiró la confianza suficiente como para reunirme con él unos días después. En persona, me agradó incluso más que al otro lado de la línea. Y nuestra conversación discurrió de una forma tan amena desde el primer momento que el café de media mañana con el que la iniciamos se prolongó hasta los vinos y las tapas del mediodía.

Cuando le expliqué mis sospechas con respecto a las cartas y los libros, aplaudió mi intuición. Y no tardó en facilitarme algunas claves que me faltaban para resolver el caso. Un caso que a él lo sorprendió más aún que a mí, porque descubrió facetas ocultas de unas personas a las que creía conocer desde hacía décadas.

Le mostré mi cuaderno, en el que había apuntado como una posible solución del rompecabezas que Dante no era el verdadero nombre de quien firmaba así, sino Julio. El Julio al que Arturo consolaba por el desengaño que sufrió al no encontrar a Beatriz ni tener noticias de ella. El nombre de ella lo rodeé de interrogaciones porque no estaba segura de que fuera real. Podía serlo, o ser un apodo, como en el caso de Julio. Un apodo con el que los dos jóvenes intentaban equiparar su amor al de Dante Alighieri y Beatrice Portinari. En cuanto a Arturo, presentía que era un pseudónimo de Ventura.

– Vaya, ha acertado de pleno, a Ventura le gustaba que lo llamaran Arturo. ¿Se imagina por qué? -me preguntó, sonriendo.

–Sí, lo sospecho por sus lecturas. Es evidente que era un gran amante de las novelas policiacas, no hay más que ver el mimo con el que las cuidaba. Y su escritor favorito era Arthur Conan Doyle -aventuré.

– Exacto... Me maravilla que haya llegado a esa conclusión sin conocerlo... -consideró, sin poder ocultar su admiración.

– Pues aún hay más... Estoy convencida de que fue él quien ocultó las cartas en los libros. Escogió novelas con una temática común, la presentación de personajes de fama mundial. Ordenó las cuartillas cronológicamente. Y las escondió en los libros por un orden alfabético singular, el de los nombres, en lugar del de los apellidos.

– Pero... No puede ser... Según sus propias notas, la primera no estaba en una obra de Agatha Christie que, de acuerdo al alfabeto, sería el primer nombre…

– Tiene razón, de acuerdo al alfabeto, Agatha sería el primer nombre de la lista de autores. Pero Ventura utilizó los nombres de los personajes, no los de sus creadores. Y el primero de esa lista es Arsène Lupin. Y, si se fija, las fechas de las cartas coinciden con los nombres ordenados de los personajes, y no de los escritores, de manera que a Arsène Lupin lo siguen Auguste Dupin, Hercule Poirot, Jane Marple, Jules Maigret, Philip Marlowe y Sherlock Holmes -enumeré, triunfante.

– Sherlock Holmes, su favorito, el último... Me parece una deducción brillante...

– Reconozco que me ha divertido descifrar este jeroglífico... Pero no entiendo por qué escondió estas cartas, ni por qué lo hizo de una forma tan sofisticada. ¿Tan importante era para él que nadie las descubriera? Y si era así, ¿por qué no las tiró a la basura, sin más?

– Ahí es donde puedo ayudarla yo. Y si mi intuición no me falla, quien acabará de aclarar el misterio va a ser Laura, que se va a sorprender tanto como yo cuando le cuente todo esto.

Ventura era conocido como Arturo por sus amigos más íntimos cuando eran jóvenes, porque le fascinaba Arthur Conan Doyle y hablaba a menudo sobre él. Felipe también me desveló que sospechaba quién podía ser Dante, o Julio. Dijo recordar a un joven madrileño al que vio en un par de ocasiones junto a Ventura.

– Yo era entonces un niño, pero me acuerdo de él porque me impresionó que perdiera a sus padres en un accidente de tráfico cuando apenas tenía diez años. Desde entonces, vivía con una hermana de su madre, que lo acogió en su familia como si de un hijo más se tratara. En cuanto a su conexión con Almería se debía su abuelo paterno, que era almeriense. Al parecer, era un avispado empresario. Siendo muy joven, levantó de la nada, y con mucho esfuerzo, una empresa de exportación de productos agrícolas. Gracias a su habilidad para los negocios, atesoró una pequeña fortuna en pocos años, y se hizo construir una elegante casa en el Paseo. Enviudó pronto y sólo tuvo un hijo, el padre de Julio, que se fue a Madrid a estudiar, se casó allí y ya no volvió. Así que, cuando el abuelo falleció, su nieto huérfano se convirtió en el único heredero de sus bienes.

– Es posible que, cuando vino a hacerse cargo de la herencia, se enamorara de una joven de aquí. Y que entre ellos se llamasen Dante y Beatriz por vete a saber qué razón... -especulé.

– Es más que posible... Y, pensándolo bien, creo que ya sé quién es Beatriz... -casi gritó Felipe.

– ¿Quién? Dígalo ya, por lo que más quiera -le imploré.

– Laura. Beatriz sólo puede ser Laura. Una gran amante de la poesía y, seguramente, de las obras de Dante -exclamó.

Tenía sentido que Beatriz fuera Laura. Pero no lo sabíamos con certeza. Y ese no era el único punto flaco de nuestras pesquisas. ¿Por qué las epístolas que se intercambiaron los dos jóvenes no llegaron a su destino? ¿Tal vez las interceptó alguien antes? ¿Quién era ese alguien? ¿Ventura? ¿Cómo lo hizo? Y, sobre todo, ¿por qué? ¿Por amor? ¿Por celos? ¿Por otras razones?

Cuando nos despedimos esa tarde, ya nos tuteábamos. Y yo me sentía exultante. Como una niña de quince años que empieza a descubrir la vida. Tanto era así que, esa noche, cuando me llamó mi hija como acostumbraba a hacer a diario poco antes de cenar, percibió a través del teléfono que algo había cambiado desde nuestra conversación de la víspera. Antes de colgar, pronunció un incomprensible «me alegró mucho, mamá». «¿De qué?», pregunté, intrigada. «De lo que sea que te esté pasando, y que espero que me cuentes cuando lo estimes oportuno», concluyó con voz alegre.

Al día siguiente, Felipe me propuso que comiéramos juntos de nuevo. Prometió hablarme de las piezas del puzle que nos faltaban en nuestra cita anterior, porque se las había desvelado Laura. Y también confesó que el misterio de las cartas y los libros no era la única razón por la que me llamaba. Volví a sentir que el corazón se me calentaba un poquito... Ya casi no recordaba esa emoción... Ni lo placentera que podía llegar a ser...

Laura, como presumíamos, era Beatriz. Y Julio era Dante. La viuda le explicó a Felipe que se conocieron cuando ella tenía dieciocho años y él veintiuno. Julio, efectivamente, vino a Almería a hacerse cargo del legado de su abuelo. Y el abogado que se encargó de todos los trámites fue Ventura, que por entonces rondaba la treintena y trabajaba en el bufete de su familia, el mismo que durante años atendió los asuntos legales del abuelo de Julio.

Los dos jóvenes coincidieron por primera vez en una celebración a la que asistieron las familias de Laura y Ventura, y a la que este último invitó a Julio, a quien presentó como un amigo madrileño que estaba solo en Almería. La viuda de Ventura reconoció que Julio fue su primer amor, y que entre ellos se llamaban Dante y Beatriz por el poeta y su musa, cuya obra admiraban ambos.

Las últimas claves del enigma también nos las facilitó ella, aunque, en este caso, con gran aflicción. Al desvelarle Felipe el contenido de las misivas, comprendió que Ventura las interceptó para impedir que se vieran en el verano de 1973. La repentina enfermedad de la abuela de la muchacha fue un golpe de suerte que el abogado supo aprovechar, ya que Julio no conocía a nadie en Almería que pudiera darle razón de su paradero. Nadie, excepto él, claro.

– Pero, ¿cómo pudo hacerse con los sobres? Él no podía acceder al buzón de la casa de Laura -planteé, extrañada.

– Sí, sí podía. Y, de hecho, Laura cree que lo hizo dándole unas pesetas a la cocinera o la limpiadora que trabajaban allí. De esa manera, las cartas que escribió Julio nunca llegaron a las manos de Laura. Y las de ella no pasaron ni por la oficina de Correos. En cuanto a las otras, eran correspondencia suya, sólo tuvo que ponerlas a buen recaudo.

– ¿Y por qué las escondió en las novelas policiacas?

– Eso también lo ha deducido Laura. Por una razón muy simple. Porque a ella no le gustaban y sabía que nunca las iba a tocar.

– Vaya... No daba puntada sin hilo... -colegí.

– No sabes hasta qué extremo... -repuso Felipe.

– Seguimos teniendo un cabo suelto. ¿Por qué hizo todo esto? No tengo la sensación de que sea sólo porque estaba enamorado de ella y quería quitarse a su rival de en medio -dudé.

– Tienes razón, no fue por eso. Fue por un motivo mucho más práctico. Quería apropiarse del negocio que Julio heredó. Era una empresa solvente. Y no tardó en percatarse de que a Julio no le interesaba. De hecho, Julio estudiaba medicina, así que su vocación tenía poco que ver con la exportación agrícola. Pero, al enamorarse de Laura se planteó formarse para gestionar esa herencia, venirse a vivir a Almería y casarse con ella. Ventura se interpuso entre ambos para que olvidara esa idea y comprarle su empresa. Hizo todo lo posible para que la decepción lo cegara lo suficiente como para que desease deshacerse de ella a cualquier precio, y cuanto más bajo fuera, mejor para él.

– Impresionante... Una persona muy calculadora y ambiciosa... Y, ¿por qué se casó Laura con él? No parece que fueran demasiado compatibles -presumí.

– Después del desengaño de Julio, perdió las ganas de vivir y, sobre todo, de volver a enamorarse. Ventura no le gustaba especialmente, pero lo conocía desde que era una niña... Sus madres respectivas confabularon para que se fijaran el uno en el otro. Y yo creo que los dos pensaron que su matrimonio podría ser una buena idea.

– Una buena idea... A mí no se me ocurriría definir así un matrimonio...

– Eran otros tiempos. Ya sabes que las mujeres solteras tenían entonces pocas opciones…

– Sigo sin entender por qué escondió las cartas…

– Laura no me ha sabido responder a esa cuestión. Pero yo tengo una teoría. Tal vez las guardó con la intención de confesarle la verdad a Laura, o a Julio, o a ambos, en algún momento... Creo que las conservó por si, con el paso de los años, lo asaltaba la mala conciencia y necesitaba aliviarla...

– Tal vez tengas razón... Pero ese momento nunca llegó...

Unos días después, conocí personalmente a Laura y le mostré la correspondencia que nunca debía haber terminado en las tapas traseras de una colección de novelas policiacas. Le pregunté si deseaba recuperarlas o que le devolviera los libros, a lo que me respondió negativamente. «Nunca me ha gustado ese tipo de literatura, y se puede imaginar que, ahora, menos aún. En cuanto a las cartas, son para mí un amargo recuerdo y prefiero no volver a verlas jamás», replicó sin reparos.

Durante nuestra conversación, me agradeció haberla ayudado a conocer el interior más oscuro de la persona con la que compartió gran parte de su vida, y me confió que el egoísmo de Ventura no sólo arruinó su noviazgo con Julio, sino también su amistad con la que entonces era su mejor amiga, la destinataria de la carta fechada el 28 de agosto de 1973.

– No la creí cuando me aseguraba que no recibió aquellas letras que le escribí, en las que le suplicaba que me acompañara en mi dolor, que me llamara, que me escribiera... Ella estaba fuera de Almería entonces, estudiando inglés en Londres, y ahora sé que nunca pudo leer mi carta. Pero, en aquel momento, yo estaba cegada por la desilusión, y pensé que se desentendía... No le perdoné que no estuviera a mi lado... Ahora sé que fui muy injusta con ella -se dolió.

Laura me autorizó gustosa a que utilizara aquella historia en mi siguiente novela. «No me preocupa que se conozca la verdadera naturaleza de Ventura, al contrario, creo que quienes lo trataron tienen derecho a saber cómo era realmente. Además, no hemos tenido hijos, por lo que no están en peligro los sentimientos de nadie si desvela usted todo el daño que hizo», subrayó.

Antes de despedirme de ella, le sugerí que mirase hacia la puerta de la cafetería en la que nos habíamos citado, porque estaba entrando Felipe. Los ojos de Laura se anegaron de lágrimas en segundos. No necesitó más tiempo para reconocer al hombre que lo acompañaba. Era Julio, a quien pudimos localizar gracias al bufete de Ventura, del que ahora se encargaban los sucesores de sus antiguos socios. Aún vivía en Madrid. Y cuando le referimos el motivo de nuestra llamada, nos prometió que volaría a Almería en el primer vuelo en el que hallara una plaza disponible.

Unas semanas después, durante su acostumbrada llamada previa a la cena, le pedí a mi hija que se sentara tranquila, porque deseaba contarle una bonita historia de amor.

– Impresionante, mamá... -opinó cuando terminé-. Tu afición a las novelas policiacas te ha llevado a convertirte en detective por unos días. Y, además, has ejercido también como celestina...

– Anda, deja de reírte de tu madre y reconoce que te gusta lo que te acabo de contar -le rogué.

– Sí, lo admito, mamá, me encanta. ¿Y sabes qué ha sido de ellos? ¿Están juntos?

– Sí. A veces, la vida nos da segundas oportunidades, y eso les ha pasado a ellos. Son mayores, pero, si la salud se lo permite, pueden vivir todavía unos cuantos años de amor y compañía.

– Me alegro por ellos. Y, hablando de segundas oportunidades, ¿me cuentas ya lo de Felipe?

– ¿Qué Felipe? -respondí, en un vano intento de desviar su atención.

– El Hermoso, qué Felipe va a ser -me espetó, bromeando.

– Anda, qué hija más lista tengo... ¿Cómo sabes que se apellida Hermoso? -la interrogué, imaginando su cara de sorpresa al escuchar mis palabras.

– ¿De verdad, mamá? ¿De verdad me estás diciendo que la escritora Aurora Gris tiene un novio que se llama Felipe Hermoso?

– Pues sí, hija, qué le vamos a hacer, así es la vida... -le contesté, con sorna.

– En serio, mamá, me alegro tanto... Hace ya cinco años que se fue papá… Y no eres tan mayor como para pasar sola el resto de tu vida... Ya era hora de que volvieras a ser feliz con alguien. Pero dime, ¿cómo es? ¿Es también viudo? ¿Tiene hijos? -curioseó.

– Demasiadas preguntas a la vez, querida niña... Para resumir, te diré que es un año mayor que yo; viudo, como yo; y con una hija y una nieta... Como yo...

– Vaya, almas gemelas... Y, ¿cómo lo conociste?

– Ese detalle te va a encantar. Gracias a un sobrino suyo...

– A ver, déjame que adivine... Me va a encantar porque el sobrino se llama...

– Celestino del Amor...

– No puede ser... Mamá, te lo estás inventando... -exclamó, acompañando sus palabras con su risa cristalina.

– No, hija, te aseguro que no me invento nada. Los allegados lo llaman Tino, pero su nombre real es Celestino del Amor. Aunque te parezca increíble. Y el segundo apellido, tú misma puedes deducirlo...

– El de su tío Felipe... Celestino del Amor Hermoso... Mamá, de verdad... Qué cosas te pasan... -dijo, sin parar de reír-. Pero, espera, hay algo que no entiendo... ¿Por qué fuiste a esa copistería? Si tú tienes impresora en casa...

– Pues verás, hija, es una larga historia… Todo empezó una mañana de primavera...

ÍNDICE

Este Libro, Escrito por
**Ginés Bonillo, Miguel Galindo Artés,
Diego Reche y Mónica Sánchez,**
se Acabó de Imprimir
el Día 25 de Julio de 2024,
Efemérides del Apóstol Santiago,
Patrón de España,
en la Imprenta Gráficas «La Madraza»
de Albolote (Granada)

LAVS DEO